Luc Winger

# iON

**Das Unmögliche ist möglich.**

SCIENCE-THRILLER

Impressum

Bibliografische Informationen der Deutschen Nationalbibliothek: Die Deutsche Nationalbibliothek verzeichnet diese Publikation in der Deutschen Nationalbibliografie; detaillierte bibliografische Daten sind im Internet über http://www.dnb.de abrufbar.

ISBN: 9 783752 646856


Herstellung und Verlag: BoD – Books on Demand, Norderstedt

Covergestaltung: Lemonisland

## Über das Buch

Wo wäre die Menschheit ohne Energie? Oft sind es die Tüftler, die uns mit bahnbrechenden Innovationen überraschen. Der Großvater von Roman Hess, einem Studenten aus der Nähe von Frankfurt, war so einer. Nach seinem Tod hinterlässt er bedeutende Erfindungen, die Romans Leben auf den Kopf stellen. Voller Euphorie stürzt sich der junge Mann in ein unkalkulierbares Abenteuer. Der Science-Thriller stellt Fragen unserer Zeit, wagt aber auch einen Blick in die Zukunft. *iON* ist eine Lektüre für Jugendliche und jung gebliebene Erwachsene.

Dies ist ein fiktiver Roman. Die Figuren und Ereignisse im Kontext dessen sind frei erfunden. Jede Ähnlichkeit mit Unternehmen, echten Personen, lebend oder tot, wäre rein zufällig und ist nicht beabsichtigt.

## Über den Autor

LUC WINGER SCHREIBT: KINO ZUM LESEN.

Luc Winger lebt mit seiner Familie in einem kleinen hessischen Dorf. Mehrmals im Jahr verbringt er inspirierende Tage in der Provence. Seine Bücher schreibt er gerne im Sommer in freier Natur oder im Winter in einer gemütlichen Hütte. Dazwischen geht er mit seinen zwei Hunden spazieren oder genießt die Zeit im Garten. Der Bezug zu aktuellen oder historischen Themen und Ereignissen sorgen in seinen Büchern für den brisanten Inhalt und den gesellschaftlichen Kontext.

»Nicht der Wille ist der Antrieb unseres Handelns, sondern seine Vorstellungskraft.«

# Prolog

Hans Hinkel schreckte auf. Hatte er eben an dem alten *Adler* Motorrad geschraubt, hastete er nun zur Tür der Werkstatt und starrte suchend in den wolkenverhangenen Oktoberhimmel. Ein Pfeifen war deutlich zu hören. Sofort kamen böse Erinnerungen in ihm hoch. Der Zweite Weltkrieg war zwar seit fast zehn Jahren vorbei, doch die Angriffe der amerikanischen Flieger waren ihm noch allzu präsent. Da war seine Familie in den Keller ihres Hauses in der Bergstraße geflohen und hatte inständig gebetet, dass ihr Gebäude nicht wie die meisten anderen im Ort getroffen und ihr Leben ausgelöscht werden würde.

Heute war die Situation um einiges besser. Man hielt zwar weiterhin Hühner, Schweine und Ziegen im Stall und ernährte sich möglichst aus dem eigenen Garten, doch alle hatten Arbeit gefunden. Man musste weder hungern, noch hatte man Angst zu sterben.

Hans hatte eine Ausbildung als Chemielaborant bei den *Adlerwerken* im Frankfurter *Gallusviertel* begonnen. Das bekannte Unternehmen hatte vor dem Krieg Automobile, Motorräder und Schreibmaschinen produziert. Wie die meisten Fabriken war die Fertigung in den Kriegsjahren auf Munition umgestellt worden. Zwangsarbeiter, zumeist aus osteuropäischen Ländern, waren unter unmenschlichen Bedingungen eingesetzt worden. Nach 1949 fertigten über dreitausend Mitarbeiter dann Motorräder, Fahrräder und Werkzeugmaschinen.

Als junger Mann blickte Hans positiv in die Zukunft. Er war bei Kriegsende zehn Jahre alt gewesen. Deshalb fühlte er sich nicht für die Gräueltaten der Nazis verantwortlich. Zuhause am Esstisch sprach man nur ungern über die dunkle Zeit. Manchmal fragte er sich, was seine Eltern, die Nachbarn, seine Lehrer, Verwandten und Bekannten damals gemacht und gedacht hatten. Waren Sie Akteure, Mitläufer oder Gegner des Dritten Reiches gewesen? Seine Fragen wurden nur selten zu seiner Zufriedenheit beantwortet. Meistens wurde abgewunken und man sprach lieber von aktuellen Themen wie dem Wiederaufbau und den Möglichkeiten, die dadurch entstanden.

Er selbst begeisterte sich für technische und wissenschaftliche Innovationen. Ob Motoren, Autos, Flugzeuge, Raketen oder das Weltall mit seinen Geheimnissen, jeden Artikel in der *Frankfurter Rundschau* las er mehrmals und heftete die Interessantesten davon in einen Sammelordner.

Das Bild, das sich ihm jetzt bot, war atemberaubend. Am Himmel über dem Frankfurter Vorort flog, seiner Einschätzung nach, ein Meteor. Er war sich dessen sicher, hatte er doch vor gerade mal zwei Wochen einen Bericht über den Niedergang eines Festkörpers kosmischen Ursprungs in Ägypten gelesen. Er hatte gelernt, dass, wenn er in die Erdatmosphäre eindrang, seine Hülle glühend heiß, aber sein Inneres kalt war. Sobald er seinen Flug beendet hatte und irgendwo auf dem Erdboden lag, nannte man ihn Meteorit. Die meisten bestanden aus Silikatmineralien oder einer Eisen-Nickel-Legierung. Sie entstanden entweder im Sonnensystem durch Kernfusion, dann nannte man sie *Chondrite* oder sie stammten von Asteroiden, dann hießen sie *Achondrite*. Auf jeden Fall gehörte ein Meteorit zu dem Ältesten, was

Menschen je in Händen hielten. Seit ihrer Entstehung waren mehrere Milliarden Jahre vergangen!

Er, Hans Hinkel, wurde nun Zeuge eines solchen Einschlags. Ein äußerst seltenes Ereignis, dessen war er sich sicher. *Wo würde der glühende Brocken landen?*, fragte er sich und rannte, um seine Flugbahn genauer beobachten zu können, in den Garten hinunter. Er reckte seinen Hals und legte die Hand schützend vor seine Augen. Die Feuerkugel raste in hoher Geschwindigkeit auf ... ihn zu! Direkt auf ihn!

»Ach du Scheiße!«, rief er.

Instinktiv sprang er zur Seite und landete zwischen den reifen Tomatenstauden. Gleich daneben, an seinen Füßen, stieg Dampf auf. Er spürte die Hitze, den Meteoriten selbst konnte er nicht ausmachen. Er hatte sich in den weichen Mutterboden, mitten im Zucchini Beet eingegraben.

Der Schreck steckte in seinen Gliedern. Er zitterte, obwohl es relativ warm war. Um sich zu beruhigen, versuchte Hans, bewusst und stetig zu atmen. Zuerst kniete er sich hin, um dann vorsichtig aufzustehen. Ein Gedanke schoss durch seinen Kopf:

*Vielleicht handelte es sich eher um den Sprengsatz einer fehlgeleiteten Rakete? In der Nähe gab es Truppenübungsplätze der US-Streitkräfte. Hessen war ja von den Amerikanern besetztes Gebiet. Sollte er den Notruf wählen? Nein. Es war ein Meteorit!*

Da die Familie Hinkel kein Telefon besaß, scheute er den Aufwand eines Anrufs und begann lieber, langsam um den Einschlagsort herumzulaufen. Die Zuchinipflanzen waren allesamt verkohlt. Es roch undefinierbar. Er beugte seinen Oberkörper über den aufsteigenden Rauch und atmete ihn ein. Dabei sagte er sich:

*Du riechst und fühlst das Weltall. Nur wenige Menschen in der Erdgeschichte hatten bisher die Möglichkeit einem Meteoriten, der vor kurzem noch durch die unendlichen Weiten des Alls geflogen ist, so nah zu sein. Wenn das kein Zeichen ist!*

Von diesem Moment an verspürte Hans, dass er zu Höherem berufen war. Er nahm sich vor, in seinem Leben etwas zu schaffen, das ihn selbst überdauerte. Am besten eine Erfindung, welche die Menschheit weiter bringen würde, etwas Visionäres! Der Dampf des Meteoriten hatte eine inspirierende Wirkung auf ihn. *Er war auserkoren.*

Nach einigen Minuten erkannte er einen schwarzen Gesteinsbrocken, der die doppelte Größe eines Fußballs hatte. Nachdem er zu glühen und zu rauchen aufgehört hatte, wirkte er profan. Doch Hans war weiter euphorisiert. Er wusste nicht, wie viel Zeit seit dem Einschlag vergangen war. Die Welt um ihn herum schien verändert. Er sah sie mit anderen Augen. Durch seine Nähe zu Milliarden Jahre altem Gestein empfand er sich mit dem Kosmos verbunden. Kein normaler Mensch, sondern ein Wissender.

*Hatte ihn jemand beobachtet?*

Die Häuser standen in der Bergstraße dicht beieinander. Ein Nachbar konnte aus seinem Fenster in den Garten geschaut haben. Er sah sich um. Keine Menschenseele war zu entdecken. Kein Geräusch zu hören. Er war allein. Somit stand seine Entscheidung fest:

Der Meteorit war im Garten seiner Familie gelandet. Soweit es ihm bekannt war, wurden die Funde nach dem Ort oder dem Finder benannt. Für ihn war der Name gefunden: *Hinkelstein. Sein Hinkelstein.*

Ohne weitere Zeit zu verlieren, holte Hans einen Schubkarren und Lederhandschuhe aus der Gartenhütte. Nur mit Mühe gelang es ihm, den schwarzen Brocken in die Karre zu heben. Kurz vor der Treppe, die zum Hof hinauf führte, sah er sich um. Hier gab es unter den Stufen einen geschützten Platz, in dem Tontöpfe und allerlei Gartenmaterial vor sich hin gammelten. Der ideale Ort zum Lagern seines Funds. Hans schaffte Ordnung, indem er ein paar Töpfe zusammenstellte. Anschließend hievte er das außerirdische Gestein aus der Karre und legte es in das hinterste Eck unter die Treppe. Zur Sicherheit räumte er die restlichen Blumenkübel davor.

*Der perfekte Platz. Hier findet ihn so schnell keiner,* resümierte er.

Zufrieden mit sich ging er an die Einschlagstelle zurück, sah in den Himmel und hörte in sich hinein. Ein Schauer lief, vom Kopf aus, seinen Körper entlang. Das, was Lichtjahre entfernt seinen Weg zu ihm gefunden hatte, würde sein Leben verändern. Dessen war er sich sicher. Er antizipierte die unbekannte Energie, die von dem Meteoriten ausging. Wofür sie gut war, ahnte er zu diesem Zeitpunkt nicht.

# Teil 1

# November 2015

# Abschied

Schwarze Schuhe. Schwarze Kleidung. Schwarzgrauer Himmel. Es regnete. Ich fror. Die Kälte stieg in mir hoch. Mit halb geschlossenen Augen verfolgte ich die triste Beerdigungszeremonie. Musste das so lange dauern? Mein Opa hatte noch kurz vor seinem Tod den ganzen Aufwand und Trubel abgelehnt.

*Legt mich in den günstigsten Sarg, den es gibt. Und ab unter die Erde*, waren seine Worte gewesen.

Ich konnte ihn gut verstehen. Wie ich ihn immer verstanden hatte, als er noch für mich da war. Er hat mir so viel beigebracht. Wie man Ideen in die Tat umsetzt, an sich glaubt und Projekte realisiert. Auch ganz praktische Dinge waren dabei: sägen, bohren, schleifen, dübeln, Verbindungen herstellen, wie man mit Holz und Metall umgeht und daraus das baut, was man zuvor auf Papier geplant hatte. Opa Hans war wie ein Lehrer und mein bester Freund gewesen. Für mich gab es keine Ausrede, bei der Beerdigung meines ersten und engsten Vertrauten dabei zu sein. Nur musste ich diesen ganzen, mir unbekannten Menschen die Hand geben und zudem ein Trauergesicht machen?

Es fiel mir schwer, mich zu beherrschen, am liebsten wäre ich weggelaufen. Wollte alleine sein. In der Werkstatt, in der alles begonnen hatte. Ich hörte ihn noch sagen:

»Stell dich besser nach links hinter den Schraubstock, damit dein rechter Arm eine natürliche Bewegung eng am Körper ausführen kann. Halte die Säge fest, aber nicht verkrampft, und achte darauf, dass du die Kraft bei der Rückwärtsbewegung ausübst. Nicht drücken! Alles muss fließen. Dann sägst du mit Leichtigkeit.«

Opa Hans war ein geduldiger Mensch gewesen. Meistens jedenfalls. Wenn man sich Mühe gab. Merkte er, dass du mit deinen Gedanken nicht bei der Sache warst, dann winkte er ab und verschwendete keine unnütze Zeit mehr mit dir. Denn er selbst hatte immer etwas zu erfinden und zu werkeln. Dafür war seine Werkstatt bestens ausgestattet. Es gab ein Eck mit Holzvorräten: Latten, Bretter, Platten, Stangen, Bohlen und allerlei Reste, die alle noch zu gebrauchen waren. Ein anderer Platz beherbergte unterschiedliche Metallteile und daneben stand ein Schrank gefüllt mit Schrauben, Muttern, Nägeln und Krimskrams. So gut wie nichts wurde von den wertvollen Materialien im Kanonenofen, der mitten im Raum stand, verbrannt oder beim Sperrmüll, der einmal im Monat kam, entsorgt. Der Ofen war ein echtes Prachtstück. Er wurde in der Übergangszeit und im Winter mit trockenen Scheiten aus der Gartenhütte, die unterhalb der Werkstatt vor Jahrzehnten errichtet worden war, befeuert. Oder mit Briketts, wovon er Berge im Keller aufbewahrte. Denn man wusste ja nie …

Das Werkzeug stammte aus den letzten sechzig Jahren. Das sah man ihm auch an. Die meisten Teile waren mehrmals geflickt, jedoch funktionierte alles. Die Messer waren scharf, die Stiele fest, der Schraubstock und die Zwingen geölt. Einmal im Monat wurde aufgeräumt und die notwendigen Teile gewartet. Wenn etwas wackelte oder lose war, wurde es fachmännisch repariert. Die Schrauben sortiert, die Werkbank gefegt und herumliegendes Material an die passende Stelle gelegt.

Ich liebte diese Momente, an denen der Ofen bollerte, die Werkstatt aufgeräumt, ein Projekt beendet war und mein Opa und ich uns auf die zwei alten Stühle setzten, er ein Bier und ich eine Limonade trank. Da war die Welt für uns in Ordnung.

Für mich war sie aktuell nicht mehr in Ordnung. Ich hatte meine engste Bezugsperson verloren. Ich fühlte mich allein. Daran konnte auch meine Freundin nichts ändern, die nach meiner Hand griff, als wir vor dem Loch standen, in dem der Sarg lag. Chris zeigte Verständnis für meine Trauer. Doch sie war ein komplett anderer Typ. Sie kannte diese innigen Beziehungen mit ihren Großeltern nicht.

Ihre waren immer distanziert und streng zu ihr gewesen. *Kindchen, pass auf, dass du dich nicht schmutzig machst.* Mit diesem einen Satz ließ sich das ganze Drama beschreiben, das sie hinter sich gelassen hatte. Denn Chris hatte sich von dem Zusammenleben mit ihrer Familie verabschiedet. Sie war mit achtzehn, also vor gut zehn Monaten, ausgezogen. Eine richtige Entscheidung. Seitdem wirkte sie viel ausgeglichener, rauchte weniger und unsere Beziehung hatte sich entspannt. Nicht, dass wir vorher nur Stress miteinander gehabt hatten, doch der ständige, unterschwellige Druck war verschwunden.

Sie war in der Lage, sich das selbständige Leben zu leisten, denn sie machte eine Ausbildung zur Mediengestalterin in einer Werbeagentur. Viel Geld verdiente sie nicht. Da sie aber die Wohnung mit ihrer Freundin Cora teilte, blieben die Kosten im Rahmen. Seitdem hatte auch ich ein zweites Zuhause. Es war ein entspanntes Gefühl, nach einem gemütlichen Abend mit Kuscheln und Sex einfach liegen zu bleiben und nicht von einem Klopfen an der Zimmertür zum Essen oder zu anderen sinnlosen Tätigkeiten gerufen zu werden.

Mein Leben sollte sich in den nächsten Monaten auch ändern. Ich war in Wartestellung für einen Studienplatz an der Uni in Darmstadt – Mechatronik, eine Kombination aus Mechanik, Elektronik und Informatik. Mein Ziel war es, einmal in der Automobilindustrie zu arbeiten. Das würde aber noch mindestens sechs Jahre dauern.

Die Vorstellung, in die Fußstapfen meines Opas zu treten, schwirrte mir im Kopf herum, als ich die lockere Erde mit einer handlichen Schippe in das Loch warf. Da ich einer der Ersten in der langen Reihe vor dem heruntergelassenen Sarg war, hörte sich der Aufprall auf den Deckel in der allgemeinen Stille erschreckend laut an. Mir kamen die Tränen. Chris beugte sich zu mir und flüsterte in mein Ohr:

»Dein Opa ist nicht tot. Er lebt in dir weiter.«

In diesem Moment vermutete ich nicht, wie recht sie damit hatte.


Wir verdrückten uns, sobald es möglich war. Die anschließende Trauerfeier schwänzten wir und zogen uns in Chris Wohnung zurück. Auf ihrem Bett liegend, fragte ich mich, was ich über meinen Opa Hans eigentlich wusste.

Schnell stellte ich fest – wenig Persönliches. Seine Frau Hedwig war, als ich ein kleiner Junge war, an Krebs gestorben. Ich kannte sie nur von Fotos. Er hatte nie wieder geheiratet. Von Freundinnen oder Liebschaften hatte ich nichts mitbekommen. Für mich war er der *Bastel-Opa*, den ich jeden Samstagmorgen besuchte, um mit ihm alle möglichen praktischen Dinge in seiner Werkstatt zu bauen. Dabei unterhielten wir uns nur selten. Wir verstanden uns durch die gemeinsame Arbeit und das Gefühl des Vorwärtskommens mit unseren Vorhaben. Meistens blieb ich zum Mittagessen.

Er kochte dann Linsensuppe mit Würstchen. So etwas aß ich nur bei ihm. Die Suppe kam aus der Dose. Die Würstchen aus dem Glas. Es schmeckte genial. Wir aßen an einem klapprigen Tisch mitten zwischen Werkzeugen und Bastelmaterial.

In den letzten zwei Jahren ging es Opa Hans nicht mehr so gut. Deshalb beschäftigte ich mich oft alleine. Er kam nur noch zum Essen dazu. Ich hörte ihn sagen:

»Weißt du, meine Hände. Die wollen einfach nicht mehr so. Die Gicht. Ich kann nichts mehr greifen. Alles fällt mir hin. Da bin ich für dich keine große Hilfe.«

Es war deutlich zu sehen, wie er von Woche zu Woche mehr in sich zusammenfiel. Er wurde immer kleiner, bekam einen Buckel und schlurfte schwerfällig in seinen Schlappen herum. Eines Tages, ich glaube, es war im Spätsommer letzten Jahres, sprach er mich nach unserer traditionellen Mahlzeit an:

»Roman. Wenn ich nicht mehr bin, dann kümmerst du dich um das hier«, dabei machte er eine ausholende Handbewegung. Mit *das hier* meinte er seine Werkstatt. So interpretierte ich ihn jedenfalls.

Ich nickte, ohne groß nachzudenken. Wobei ich all die Werkzeuge und das Gerümpel vor mir sah, dass sich im Laufe der Jahre im Raum angesammelt hatten. So wie ich es einschätzen konnte, maß die Werkstatt um die einhundert Quadratmeter. Sie war recht hoch, denn sie hatte keine Zwischendecke. Man konnte die Balken in der Dachschräge sehen. Das Gebäude war ein Anbau an Opa Hinkels' Elternhaus. Schon sein Vater, Uropa Hugo, hatte gleich daneben im Schuppen Haustiere gehalten. Das war damals, während und nach dem Krieg, so. Schweine, Hühner und eine Ziege hatten hier gehaust und waren von Zeit zu Zeit geschlachtet worden. In einem alten Fotoalbum entdeckte ich einmal ein Foto mit Hühnern, die kopflos auf unserem Hof herumliefen. Der Schreck und das Bild begleiteten mich noch Jahre danach in so manchem Albtraum.

Zu dem Grundstück in der Bergstraße gehörte auch das alte Haus. Es war in einem erstaunlich guten Zustand. Gebaut um die letzte Jahrhundertwende hielt es zwei Weltkriegen stand. In meiner Familie erzählte man sich, dass einmal eine Fliegerbombe eingedrungen wäre. Sie sei durch das Dach der Werkstatt gedonnert, hätte aber nicht gezündet, da sie an einem Spaten, der an der Wand stand, ihren Zünder verlor.

Das waren so die Geschichten, die ich als kleiner Junge zu hören bekommen hatte. Bei einer anderen ging es um die Abenteuer, die mein Opa als Junge erlebt hatte. Wie sie Budchen, das waren aus Ästen gebaute Unterschlüpfe, in einem alten Steinbruch errichtet hatten. In jedem hauste eine Bande. Kurz nachdem die drei bis vier Jungen und Mädchen eingezogen waren, begannen sie, sich gegenseitig zu überfallen und zu jagen. Sie spielten Bandenkrieg. Es gab geheime Schätze, die verteidigt wurden und Fallen, in die man geraten konnte. Insbesondere die Mädchen wurden als Opfer gefesselt und gegen Lösegeld wieder freigelassen.

Viele Dinge, die ich in meiner Kindheit erfahren und angenommen hatte, prägten mein Denken und Handeln. Das mit dem Spaten zeigte mir, dass es im Leben unerklärliche Dinge gibt, die man selbst nicht beeinflussen konnte, die dein Schicksal aber unwiderruflich bestimmten. Die Rollenspiele der Kinder verdeutlichten mir, dass Macht, Intrigen und Gewalt in uns steckten und wir Spaß daran hatten, uns gegenseitig zu bekämpfen. Es war nicht falsch oder schändlich, aufkommende Emotionen herauszulassen. Man sollte dabei aber seine Grenzen kennen und die der anderen respektieren.

Ich sollte und wollte mich um die Werkstatt kümmern. Doch dabei gab es eine entscheidende Hürde – meine Eltern. Sie hatten so ihre Pläne mit dem Haus. Es stand nach Opas Tod leer. Man konnte es, frisch renoviert, vermieten. Würde das geschehen, so hätte ich keinen Zugang mehr zu meinem Refugium. *Was konnte ich tun?*

Ich sprach mit Chris darüber und sie hatte, pragmatisch wie sie war, eine gute Idee:

»Stell dich nicht gleich gegen deine Eltern. Sprich mit ihnen und schlage ihnen vor, dass du die Werkstatt entrümpeln willst, damit sie sich nicht darum kümmern müssen. So gewinnst du Zeit und vielleicht ergibt sich die Möglichkeit, dass du den Anbau behalten kannst. Denn darin wohnen kann keiner.«

Ich stimmte ihr zu und so stand der Plan. Gleich morgen würde ich mit ihnen sprechen und umgehend die Lage vor Ort inspizieren.

An diesem Abend kehrte ich erst spät in mein Zimmer zurück. Ich wohnte zu dieser Zeit noch zu Hause. An Einschlafen war nicht zu denken. Alle möglichen Fantasien, was ich mit der Werkstatt anfangen wollte, spukten in meinem Kopf herum. Irgendwann schlief ich endlich ein. Der Traum, den ich in dieser Nacht hatte, sollte mich mein ganzes Leben verfolgen. Doch eins nach dem anderen.

# Die Entdeckung

Meine Eltern waren sofort einverstanden, dass ich mich um die Werkstatt kümmern würde. Ihre Pläne bezüglich einer Vermietung des Hauses in der Bergstraße waren noch nicht konkret. Sie überlegten, ob sie das Objekt nicht komplett verkaufen sollten. So könnten sie die Hypothek auf ihre Immobilie tilgen. Ich versuchte, meiner Mutter Ingrid erst gar nicht zu erklären, was ich vorhatte. Ihr war Opa Hans' Werkstatt immer ein Dorn im Auge gewesen. Sie konnte mit seiner Bastelei, wie sie es nannte, wenig anfangen. Was ich nachvollziehen konnte, denn ihr Vater war zeitlebens kaum für sie dagewesen. Entweder war er seiner Arbeit in der Fabrik nachgegangen oder er hatte die Abende und Wochenenden in seiner Wirkungsstätte verbracht, die sie nur selten betrat.

So stand ich am Donnerstagmorgen, dem 12. November, einen Tag nach Opas Beerdigung, in seinem Reich. Obwohl ich hier mein ganzes, junges Leben regelmäßig gewerkelt hatte, kam ich mir komisch vor. Zum ersten Mal drang ich ohne sein Beisein in sein Heiligtum vor. Ich näherte mich der Werkbank, berührte seinen Schraubstock, erkundete hunderte Fläschchen, die in einem Regal seit Jahrzehnten auf ihren Einsatz warteten. Viele davon stammten aus Opas Labor in der Fabrik. Zeitlebens hatte er mir verboten, sie auch nur zu berühren. Nun las ich die Etiketten, auf den meisten war ein Totenkopf zu sehen. Teilweise konnte ich verblasste chemische Formeln entziffern. Leider war ich nie besonders gut in Chemie gewesen, was mich in diesem Moment ärgerte.

Wo sollte ich anfangen? Sollte ich ausmisten? Seine Hinterlassenschaft sortieren? Nur die Dinge behalten, die ich gebrauchen konnte? Meine Neugier leitete mich. Ich ging zu der Stelle, zu der mir in all den Jahren der Zugang verweigert worden war. Hier stand ein mannshoher Metallschrank, der mittlerweile überall angerostet war. An den Türen hing ein Vorhängeschloss. Einen Schlüssel dafür hatte ich nicht. Und ich hatte keine Ahnung, wo Opa ihn aufbewahrte. Also machte ich mich auf die Suche.

Eine halbe Stunde später gab ich es auf. Nun hielt ich Ausschau nach einem Bolzenschneider. Er hing gemeinsam mit anderen schweren Geräten an einer Metallwand, die mit unterschiedlich großen Haken versehen war. Gleich würde ich feststellen, ob er, so wie Opa immer behauptet hatte, eines seiner stets einsatzbereiten Werkzeuge war.

Er war es. Das Bügelschloss ließ sich wie Butter durchtrennen. Es fiel zu Boden und mit ihm öffnete sich ein Flügel der Tür. Ich suchte innen nach dem Riegel für die linke Seite. Nach kurzer Fummelei öffnete ich die zweite Tür.

Eigentlich hatte ich, typisch für meinen Opa, überquellende Regalbretter erwartet, doch der Schrank war leer. Es gab noch nicht einmal eine Kleiderstange. Nichts. Meine Hände griffen hinein und ich fühlte eine raue Rückwand aus Metall. Um sie genauer zu untersuchen, holte ich mir eine Taschenlampe von der Werkbank. Damit leuchtete ich in das Innere. Der Lichtkegel wanderte über unterschiedlich helle und dunkle Stellen der teilweise angerosteten Wand.

*Waren da nicht Formen oder Zeichen zu erkennen?*, fragte ich mich.

Um sie zu deuten, ging ich zwei Schritte zurück. Ich stellte den Lichtkegel der Lampe breiter ein. Tatsächlich erkannte ich drei in das Metall geätzte Buchstaben:

## *ION*

*Verdammter Mist! Schon wieder Chemie,* schoss es mir in den Kopf.

*Was war noch einmal ein Ion?*

Mir fiel es nicht ein. Ich musste es googeln. Dazu holte ich mein neues *iPhone 5* heraus und gab die mystischen drei Buchstaben in das Suchfeld ein. Die Antwort kam prompt:

**Ein Ion ist ein elektrisch geladenes Atom oder Molekül.**

Da stand ich nun. Ich kam mir hilflos und dumm vor. *Hatte mir mein Opa eine Denksportaufgabe vererbt? Wollte er, dass ich mein Wissen in Chemie aufbesserte? Oder steckte mehr dahinter?*

Ich holte mir den alten Stuhl, setzte mich vor den offenstehenden Metallschrank und starrte den Schriftzug an.

*Vielleicht handelte es sich um eine andere Abkürzung?*

Wieder fragte ich Google um Rat.

Ich las über die internationale Orgelwoche in Nürnberg. Diese nannte sich auch *Ion.* Findige Eltern konnten ihr Kind *Ion* nennen. Beide Bedeutungen schloss ich aus. Damit hatte Opa nichts am Hut. Ich kehrte wieder zu dem chemischen Element zurück.

Opa Hans war, soweit ich wusste, kein Wissenschaftler gewesen. Auch kein studierter Chemiker. Er hatte sein ganzes Arbeitsleben als Materialprüfer gearbeitet. Das hieß, er checkte die ankommenden Teillieferungen, aus denen später Maschinen und Elektrowerkzeuge produziert wurden. Seit einigen Jahren auch Akkugeräte. Es klingelte in meinem Kopf. Diese wurden elektrisch angetrieben. Von einem Motor, der seine Energie von einer Batterie bekam. So weit, so gut. Die Erklärung erschien mir schlüssig. Opa hatte also beruflich mit Stromspeichern beziehungsweise mit Akkumulatoren zu tun.

*Aber warum schrieb oder ätzte er ION in die Rückwand eines Schranks in seiner Werkstatt?*

Ich strich erneut über die Metallfläche. Dann klopfte ich dagegen. Es hörte sich hohl an.

Mir kam eine Idee. Vielleicht handelte es sich nicht um eine Rückwand, sondern um einen Eingang. Und *ION* war eine Art Codewort.

Mit steigender innerer Anspannung untersuchte ich erneut den leeren Schrank. *Gab es einen Knopf, einen Riegel oder einen Drücker, den ich übersehen hatte, um die Rückwand zur Seite zu schieben?*

Nichts dergleichen.

Mein Opa gehörte nicht zur Generation, die mit digitalen Errungenschaften aufgewachsen war. Er konnte mit einem Computer umgehen, das ja. Beherrschte die gängigen *Microsoft*-Programme und er hatte vor ein paar Jahren ein WLAN einrichten lassen. Genau. Das könnte eine Möglichkeit sein. Vielleicht gab es einen elektrischen Riegel, den man über das WLAN bedienen konnte?

Nachdem ich das Symbol *Einstellungen* auf meinem Smartphone geöffnet hatte und die Liste der zur Verfügung stehenden WLAN-Verbindungen checkte, fiel mein Blick auf einen mir bisher unbekannten Namen: *Labor*.

*Gab es hier ein Labor?* Mir war nichts dergleichen bekannt. All die Jahre hatte er nur von der Werkstatt als seinem Betätigungsfeld gesprochen. Auch in der Nachbarschaft kannte ich niemanden, der ein Labor in seinem Haus hatte. Der WLAN-Name musste also von meinem Opa stammen. Jetzt brauchte ich nur den Zugangscode, um mich einzuwählen.

Mit voller Konzentration probierte ich alle Namen, die es in unserer Familie gab, durch. Dann die Geburtsdaten. Danach Kombinationen, die ich daraus ableitete. Nichts davon funktionierte. Ich war kurz davor, aufzugeben. Genervt fragte ich mich:

*Mein Opa, was hätte er ausgewählt? Sollte es so banal sein, dass ION auch der Zugangscode wäre?*

Ich tippte die drei Buchstaben ein. Erst klein, dann groß und zum Schluss gemischt geschrieben. Wieder kein Erfolg. Dann versuchte ich Kombinationen mit Zahlen. Zuerst sein Alter – 80. Dann sein Geburtsjahr 1935. Niete. Okay. Letzter Versuch. ION und das aktuelle Jahr – 2015.

Es funktionierte! Ich war drin.

Unmittelbar danach erschien auf meinem Bildschirm ein Text. Ich hatte das Gefühl, mein Opa würde wieder auferstehen. Meine Hände zitterten, als ich die Worte laut las:

*Glückwunsch, Roman. Du hast dir Zugang zu meinem Labor verschafft. Noch kannst du zurück. Sobald du dich hineinbegibst, erteilst du dein Einverständnis, mein intellektuelles Erbe anzutreten. Alt genug bist du. Ob du das Geschick und das Wissen hast, meinen Anforderungen zu entsprechen, wird sich herausstellen. Sobald du den Button der ION-App berührst, startet das Programm. Leider kann ich dich nicht mehr persönlich begleiten. Aber ich bin als Avatar für dich da. Schau deshalb immer mal wieder in die*

*ION-App, die sich momentan automatisch auf deinem Smartphone installiert. Ich drücke uns die Daumen. Wir haben Bahnbrechendes vor.*

*Enttäusche mich nicht.*

*Dein Opa*
*Hans*

Ich hatte mir so einiges ausgemalt, was ich in Opas' Werkstatt entdecken könnte. Mit so etwas hatte ich nicht gerechnet. Nie und nimmer hätte ich ihm zugetraut, dass er eine App hätte programmieren können. Er war selbst nach seinem Tod für Überraschungen gut.

Um sicherzugehen, las ich seine Anweisung ein zweites Mal. Dabei wurde mir klar, dass meine Entscheidung bereits gefallen war, als ich seine ersten Worte verstanden hatte. Ich war es ihm und meiner Neugier schuldig, da hineinzugehen. Also berührte ich den Button der App, der die ganze Zeit pulsiert hatte.

Nachdem mein Finger darauf lag, explodierte er und tausende kleiner Funken verbreiteten sich auf meinem Display.

*Was war das? Das gab es doch nicht?* Mein *iPhone* wurde warm. Nicht nur warm, sondern geradezu heiß. *Würde es schmelzen?*

Ich war so gebannt von der Veränderung meines Smartphones, dass ich nicht auf die Schrankrückwand geachtet hatte. Als ich mich von dem Display in meiner Hand löste, sah ich, dass das Metall an den Rändern zu glühen begann.

Meine volle Aufmerksamkeit richtete sich nach vorne. Auf der Metalloberfläche entstanden zuerst kleine Blasen, die sich ausbreiteten. Das Material schmolz und mit ihm löste sich die Tür auf. Die Löcher wurden immer größer, bis eine glühende Masse auf den Boden des Schranks floss.

Die Hitze vor mir war enorm. In meiner Hand hatte sich das *iPhone* mittlerweile wieder etwas abgekühlt. Auch die Funkenexplosion auf dem Display war verschwunden. Dafür las ich:

*Gib deinen vollen Namen und dein Geburtsdatum ein.*

Ich folgte der Anweisung. Ich tippte:

Roman Hans Hess, geb. 15.10.1996

Eine neue Bedienungsoberfläche erschien. Sie war weniger aufwendig gestaltet. Das Erscheinungsbild, das Opa Hans gewählt hatte, wirkte nüchtern, es ähnelte einer Tafel, auf der Lehrer oder Wissenschaftler ihre mathematischen Berechnungen schrieben. Wahrscheinlich hatte Opa keinen Wert auf das Aussehen gelegt, es ging ihm mehr um die Funktionen, die ich sofort ausprobieren wollte.

*Sollte ich es wagen, mich in sein Labor zu begeben?*

Ich sah mich in der Werkstatt um. Alles war wie immer. Nur der Schrank sah anders aus. Er gab den Blick in einen dunklen, dahinter liegenden Raum frei.

Ich hatte mich nicht mehr von der Stelle bewegt, seit ich vor der Hitze zurückgewichen war. Ein Blick nach rechts und einer nach links sollten genügen, um mir die Sicherheit zu verschaffen, dass nicht doch plötzlich jemand unerwartet auftauchen würde. Danach schloss ich die Werkstatttür ab und steckte den Schlüssel in meine Hosentasche.

Nun war ich bereit, die *ION*-App zu starten. Erneut berührte ich den Screen. Die schwarze Tafel klappte auf und davor erschien ein Bild von meinem Opa in einem weißen Kittel. Ein Textband lief über die Breite des Bildschirms:

*Erstmalige Inbetriebnahme nur im Labor möglich.*

Er machte es spannend.

Die Hitze hatte nachgelassen. Noch glühte das geschmolzene Metall am Boden des Schrankes.

*Sollte ich es wagen, darüber zu springen?*

Ich schaltete die kleine LED meines Smartphones an, um in den offenen Schrank zu leuchten. Viel brachte das nicht. Der Raum dahinter versteckte sich weiterhin im Dunkeln. Es blieb mir also nichts anderes übrig, als den entscheidenden Schritt zu wagen.

*Sollte ich aus dem Stand springen oder mit Anlauf?*

Ich wählte eine Zwischenlösung. Drei Schritte sollten für den Schwung genügen, um über die heiße Glut zu springen.

»*Roman, das Abenteuer beginnt!*«, rief ich und sprang.

Nichtsahnend, dass diese Aussage zu Hundertprozent zutreffen würde, landete ich auf dem Boden des Labors. Genau in diesem Moment wurde es um mich herum schlagartig hell. Kniend sah ich mich um.

Ich war in einer anderen Welt. Einer komplett weißen Welt. Antiseptisch. Futuristisch. Kühl. Clean.

Langsam erhob ich mich. Mein *iPhone* vibrierte. Opa war erneut zu sehen. Dieses Mal nur sein Gesicht. Auf dem Textband las ich:

*Gut gemacht, Roman. Du bist drin. Folge nun den Zahlen.*

Na, das war ja ein richtiges Rätselraten! Bevor ich auf die Suche ging, wollte ich mich erst einmal in seinem Labor umsehen.

Neulich hatte ich in RTL einen Bericht über den *McLaren Formel-1*-Rennstall gesehen, der im englischen *Woking* seinen Sitz hat. Dort, wo die *Formel-1*-Boliden entwickelt wurden, sah es genauso aus wie in dem Labor, in dem ich mich befand. Glänzend weißer Fußboden, glatte, weiße Arbeitsflächen, darunter bewegliche Schubladenschränke. Der Hauptunterschied war, dass hier kein Rennwagen entwickelt wurde. Das war aber auch das Einzige, was ich ausschließen konnte. Ich drehte mich einmal im Kreis und rief dann laut, so als ob Opa Hans mich hören könnte:

»Was hast du hier getrieben? Und warum hast du so ein Geheimnis darum gemacht?«

Kaum hatte ich das letzte Wort ausgesprochen, da hörte ich ein leises Summen über meinem Kopf. Ich sah nach oben und entdeckte einen Screen, der sich fast lautlos aus der Decke herunter bewegte. Darauf erschien das Konterfei meines Opas in Lebensgröße. Er wandte sich an mich, so als ob er meine Anwesenheit mitbekommen hätte. Dieses Mal sprach er:

»Du hast sicher viele Fragen. Leider war es mir nicht möglich, dich zu Lebzeiten einzuweihen. Meine Forschungen waren noch nicht so weit, dass ich dich hätte informieren können. Mein Alter und mein Krebs haben mich aber eines Besseren belehrt. Deshalb stehst du heute hier und erfährst, was mich neben meinem Beruf die ganzen Jahre beschäftigt hat. Vorausgesetzt du bist geduldig, vorurteilsfrei und mutig. Davon gehe ich aber aus. So wissbegierig, wie du dich in unserer Zusammenarbeit gezeigt hast, so offen wirst du auch gegenüber einem der wichtigsten Zukunftsthemen der Menschheit sein. Bitte sei nun so gut und folge den Zahlen.«

Auf dem Screen erschien eine Art Countdown, wie man ihn aus dem Vorspann von Filmen kennt. Der Unterschied war, dass die Zahlen nicht chronologisch rückwärts zählten, sondern scheinbar willkürlich hintereinander folgten.

*Was hatte das nun wieder zu bedeuten? Wie konnte ich ihnen folgen? Das ergab keinen Sinn.*

Mehr aus Zufall berührte ich das Display meines *iPhones,* das die Zahlen parallel zum Screen zeigte. Die Zahlenfolge stoppte. 7140 blieb stehen. Kurz darauf erschien zu dieser Ziffer eine Erklärung:

Das ist der durchschnittliche pro Kopf-Energieverbrauch eines Deutschen im Jahr in kWh. Zum Vergleich verbraucht ein Bürger der USA fast doppelt so viel und ein Marokkaner nur 1/7 davon.

*Gut zu wissen. Sollte das hier eine Lehrstunde in Sachen Energie werden?*

Automatisch begannen die Zahlen wieder zu wechseln. Nach wenigen Sekunden hielt ich sie erneut an. Dieses Mal blieben 159 Mio stehen. Die Erklärung kam sofort:

Diese Größe steht für die eingesparten Treibhausgasemissionen im Jahr in Tonnen durch die Nutzung von erneuerbaren Energien. Das wiederum entspricht 17% des Brutto-Endenergieverbrauchs in Deutschland. (Industrie, Verkehr, Wärme, Privathaushalte)

Das machte mich stutzig. Ich dachte, dass es mittlerweile mehr sei. Man sah überall Windräder und viele Häuser hatten Photovoltaik-Anlagen auf ihren Dächern. Ich wurde neugieriger, wohin mich Opas Zahlenspiel führen würde. Deshalb berührte ich schnell wieder den Screen. Nun ließ ich die Zahlenfolge etwas länger laufen. Dann stoppte ich bei: 9. Nun war ich gespannt. Eine niedrige Zahl. Ich sollte mich gleich korrigieren. Die Zahl war niedrig, doch wenn man sie in Relation setzte, war sie gigantisch. Ein kurzer Text klärte mich auf:

Jeder Deutsche verursacht pro Jahr im Schnitt 9 Tonnen $CO_2$. Der durchschnittliche Mensch auf der Welt immerhin noch 5 Tonnen. Dabei haben viele davon kein Auto. Trotzdem sind rund 1/3 der $CO_2$ Emissionen dem Verkehr zuzuordnen.

*Jetzt nähern wir uns dem eigentlichen Thema,* vermutete ich. Meine Fantasie sagte mir, dass Opa sich mit Energieforschung beschäftigt hatte. Das würde Sinn machen, bei den Beispielen, die er mir vor Augen geführt hatte.

Die Zahlen ratterten erneut in willkürlicher Reihenfolge. Auf gut Glück tippte ich auf das Display: Die 120 blieb stehen. Der erklärende Text dazu ließ nicht lange auf sich warten:

Ein Lithium-Ionen-Akku hat eine Energiedichte von 120 Wattstunden pro kg. Dreimal so viel wie eine Blei-Säure-Autobatterie. Stell dir vor es gäbe einen Akku, der das Einhundertfache speichern könnte: 12.000 Wh/kg. Das entspräche exakt der Leistungsabgabe von Benzin in einem Auto.

So ganz begriff ich die Botschaft, die in der Zahl steckte, nicht begreifen. Einhundertmal so viel Energie wie in einem aktuellen Fahrradakku steckt? Ich mutmaßte, bei gleichen Abmessungen und gleichem Gewicht. Man konnte mit einem Pedelec bei voll aufgeladenem Lithium-Ionen-Akku zwischen 50 und maximal 80 km fahren. Nahm man die Reichweite mal einhundert, dann wären es 5000 km oder sogar 8000 km. Das wäre ein gigantischer Fortschritt. Die meisten Leute fuhren in einem Jahr nicht so weit.

Bei einem Elektroauto sähe die Bilanz noch beeindruckender aus. Die aktuell verkauften Stromer brachten es auf eine realistische Reichweite von um die 300 km. Man würde also mit solchen Akkus 30.000 km weit fahren können. Die ganzen Argumente gegen Elektroautos wären somit auf einmal vom Tisch.

Die nächste Frage, die sich mir stellte, bezog sich auf die Leistung, die diese Akkus abgeben könnten. Vielleicht würden das die Zahlen auch noch verraten. Ich berührte wieder das Display meines Smartphones.

Anstatt weitere Zahlen zeigte der Screen über mir und auf meinem Smartphone vor mir einen schwarzen Gesteinsbrocken, der sich 3D-animiert vor mir drehte.

*Was sollte das? Ich hatte eine Batterie erwartet.*

Ungeduldig tippte ich auf meinen Screen herum. Dann las ich:

Die Mineralien auf der Erde haben nicht das Potential, einen solchen Entwicklungssprung möglich zu machen.

Nun war ich vollends verwirrt. *Was meinte Opa Hans damit? Sollte die Menschheit auf den Mars fliegen, um ihre Energiespeicher zu revolutionieren?*

Der Text ging weiter:

Das Schicksal meinte es gut mit mir. Als ich so alt war wie du jetzt, fiel ein Meteorit in unseren Garten, hier in der Bergstraße. Erst viele Jahre später, hatte ich die Zeit und Muße, mich mit ihm zu beschäftigen. Dabei unterstützten mich neueste Forschungsergebnisse. Denn die Wissenschaft hatte vor einigen Jahren ein Mineral in einem anderen Meteoriten entdeckt, dass sich auch in meinem befand:

## Ionit

Vor lauter Anspannung und Aufregung rief ich:

»Und was hast du damit angestellt?«

Ein Fingertipp und der futuristisch strahlende Schriftzug

# *iON*

... erschien. Hinter ihm morphte eine batterieähnliche Form, auf der sich das *iON*-Logo legte. Dann pulsierte das Modell des fremdartigen Energiespeichers in einem außerirdisch leuchtenden violetten *Glow*.

Das sah alles schon megaprofessionell aus. So, als ob man *iON*-Energie im Laden um die Ecke kaufen könnte. Doch ich vermutete, dass es bis dahin ein langer Weg sein würde. Mein Opa mochte ein genialer Erfinder gewesen sein. Das Geld und die Beziehungen, um eine industrielle Entwicklung anzukurbeln, hatte er bestimmt nicht gehabt. Und dieses Mineral *Ionit* gab es mit Sicherheit nur ganz, ganz selten.

*Was also damit anfangen?* Diese abgefahrene Innovation verdiente es, real zu werden. Ich konnte mich ja nicht mal eben so auf den nächsten Marktplatz stellen und die Entwicklung anpreisen. Vielleicht hatte Opa Hans schon erste Kontakte hergestellt?

Die Animation drehte sich kontinuierlich weiter und es schien so, als ob die Präsentation von *iON* vorbei sei. Ein nochmaliges Berühren des Bildschirms brachte jedenfalls keine Veränderung.

Motiviert von dem, was ich erfahren hatte, begann ich, die Schubladen und Schranktüren im Labor zu öffnen, um eventuell schriftliche Unterlagen zu finden. Es gab penibel sortierte Werkzeuge, wie ich sie noch nie gesehen hatte. Spezielle Pinzetten, Pipetten, Miniaturwagen, eine Art

Stethoskop, das Ganze ähnelte dem Besteck in einer Zahnarztpraxis. Im Zentrum des Labors stand ein großer, abgeschirmter Schmelzofen. Mit den anderen Geräten und Apparaten konnte ich nichts anfangen. Teilweise sahen sie nach Eigenentwicklungen aus. Ab und zu kannte ich die Hersteller: *Panasonic, Samsung* oder auch *Siemens* und *GE* waren zu lesen. Ich überlegte:

*Wo konnte er Pläne versteckt haben? Gab es überhaupt welche auf Papier oder sollte ich nach einem Stick oder einer Festplatte suchen?*

Nachdem ich alle Schubladen, Schranktüren und Metallkisten geöffnet hatte, wollte ich aufgegeben. Ich drehte mich ein letztes Mal im Labor im Kreis, dabei entdeckte ich eine weiße Klappe, die bündig in der weißen Wand eingelassen war. Sie schloss mit der Fläche um sie herum komplett ab und es gab weder einen Knopf noch einen Riegel, um sie zu öffnen.

*Vielleicht half mir meine iON-App dabei?*

Ich hielt das *iPhone* davor. Nichts passierte. Die Klappe blieb verriegelt.

*Hatte ich die Bluetooth-Verbindung eingestellt?*

Nach einem Wischen über das Display erkannte ich, dass sie aus war. Ich tippte auf das Symbol und wiederholte das Davorhalten. Auf meinem Bildschirm erschein die Aufforderung:

Bitte Code eingeben.

Schon wieder! Ich probierte das WLAN-Passwort. Niete. Das Nächstliegende, was mir einfiel, war mein Geburtsdatum. Wieder eine Niete. Dann kam ich auf die Idee, die Bezeichnung des seltenen Minerals einzugeben:

***Ionit***

Volltreffer! Die Klappe schwang auf.

Der kleine, quadratische Raum in der Wand vor mir war mit grünem Schaumstoff ausgefüllt. Darin waren nur zwei Formen ausgespart. Sie beinhalteten das Modell eines *iON*-Energiespeichers (ich vermutete, dass es sich um ein Modell handelte) und einen weißen Memory-Stick. Mehr nicht. Es schien mir genug, um das zu vollenden, was mein Opa begonnen hatte:

*Die Welt mit einer der größten Erfindungen der Menschheit zu revolutionieren.*

Mir lief ein Schauer den Rücken herunter. Erfasst von der historischen Bedeutung des Moments, sprach ich zu mir selbst:

»Roman Hess, geh da raus und vollende das, was dein Großvater Hans Hinkel begonnen hat.«

In diesem Moment wusste ich nicht, dass jener Satz stimmen würde, nur anders als ich ihn gemeint hatte.

# Viele Zweifel

Während ich auf Chris in ihrer Wohnung wartete, durchstöberte ich das Internet nach den neuesten Entwicklungen in der Akkumulator-Forschung.

Ich las von Fortschritten in unterschiedlichen Stadien:

*... Besonders an der Realisierung von **Lithium-Luft-Batterien** wird intensiv geforscht. Da Lithium von allen Metallen das höchste elektrochemische Potential aufweist, bieten diese Batterien von allen Metall-Luft-Systemen die mit Abstand höchste Energiedichte, die man theoretisch erreichen kann. Im Vergleich zum Stand der Technik hofft man, auch in der Praxis etwa zehnfach höhere Energiedichten zu erzielen, um die Reichweiten von Elektrofahrzeugen auf Basis solcher Batterien konkurrenzfähig zu den heutigen benzinbetriebenen Autos zu machen. Allerdings kann sich auch herausstellen, dass viel zusätzliche Technik und Elektronik benötigt wird (etwa zur Reinigung der Luft), so dass durch das verursachte Gewicht und den benötigten Platz die theoretische Energiedichte derart verringert wird, dass die Batterien kaum noch Vorteile zu weiterentwickelten Lithium-Ionen-Batterien haben. Große Herausforderungen liegen derzeit bei der Erzielung einer akzeptablen Ladezyklenzahl und der Reduzierung der Spannungsverluste beim Laden und Entladen ...*

*... **Natrium-Luft-Batterien** sind eng verwandt mit den Lithium-Luft-Batterien. Bei ihnen sind die Spannungsverluste beim Laden und Entladen im Vergleich*

aber deutlich geringer. Die Energiedichte, die sich theoretisch erreichen lässt, ist zwar um die Hälfte niedriger, dennoch stellt sie eine interessante Alternative dar, vor allem weil der Rohstoff Natrium problemlos und kostengünstiger verfügbar ist. Somit könnten Natrium-Luft-Batterien hauptsächlich bei stationären Großbatterien in Stromnetzen zukünftig eine Rolle spielen. Ähnliche Eigenschaften hat die ebenfalls erst seit kürzerer Zeit in der Entwicklung befindliche **Silizium-Luft-Batterie,** für welche die Rohmaterialien in großer Menge vorhanden sind, ...

... Parallel zur Lithium-Luft-Batterie wird seit längerer Zeit intensiv an der Realisierung einer wiederaufladbaren **Zink-Luft-Batterie** gearbeitet. Im Vergleich zu Batterien mit Lithium oder Natrium sind bei ihr alle Komponenten unempfindlich gegenüber Feuchtigkeit. Damit muss die Fertigung nicht in einer Schutzatmosphäre erfolgen, was diese kostengünstiger macht. Zusätzlich sind die Rohstoffkosten für das Zinkmetall und die wässrigen Elektrolyte wesentlich geringer, sodass Zink-Luft-Batterien für viele Anwendungszwecke ökonomischer sein könnten als Lithium-Luft-Batterien, allerdings bei etwa dreifach geringerer Energiedichte ...

... Weitere wiederaufladbare Metall-Luft-Batterien, die derzeit Gegenstand breiterer Forschungsanstrengungen sind, basieren auf Aluminium **(Aluminium-Luft-Batterie)** oder Magnesium **(Magnesium-Luft-Batterie)** als Elektrodenmaterial. Sie können zwar nicht die hohe Energiedichte von Lithium-Luft-Batterien erreichen, könnten dafür aber unter Berücksichtigung der Kosten und der Umweltfreundlichkeit einen guten Kompromiss darstellen. Deshalb könnten sie sich *vor allem für die Stromspeicherung in großen stationären Anlagen eignen ...*

*... Elektrisch wiederaufladbare* **Metall-Luft-Batterien** *könnten frühestens in ein bis zwei Jahrzehnten auf dem Markt zum Durchbruch kommen. Bis dahin müssen jedoch noch vielfältige Herausforderungen bezüglich des Verständnisses und der Beherrschung der zugrundeliegenden chemischen Reaktionen überwunden werden. Dabei ist offen, welche Typen sich letztendlich durchsetzen werden.*

Das klang ja ernüchternd. Es wurde viel geforscht, aber ein wirklicher revolutionärer Durchbruch war nicht zu erwarten. Da hatte mein Opa einen Coup gelandet. Insbesondere die einhundertmal höhere Energiedichte schien fast schon unglaublich. Wenn seine Leistungsdaten stimmten, die er mir vermittelt hatte, dann wären alle aktuellen Forschungen überholt und könnten sofort eingestellt werden.

Die kleine *iON*-Zelle, die im übrigen ungefähr so groß war wie eine *Mono-D*-Batterie (ca. 6,15 cm Höhe und 3,42 cm Durchmesser), lag vor mir auf dem Couchtisch. Der USB Stick gleich daneben. Ich war kurz davor, ihn in den *Slot* in meinem *Apple MacBook* zu stecken, doch ich hörte Chris, die gerade die Wohnungstür aufschloss. Da ich sie nicht ohne Vorwarnung mit wissenschaftlichen Fakten konfrontieren wollte, stoppte ich meinen Drang und begrüßte sie lieber, so wie sie es gewohnt war.

»Hi Chris, wie war dein Tag? Bist du müde?«

Es war nur logisch, dass meine Hintergedanken mich beeinflussten. Das heutige Ereignis war für mich der bisher größte Einschnitt in meinem Leben, das wurde mir immer klarer.

»So besorgt? Hast du vergessen? Heute war Berufsschule. Sonst wäre ich nicht so früh zurück.«

Wie blöd von mir. Es war Mittwoch. Ich sah auf meine Armbanduhr. Sie zeigte kurz vor 15:00 Uhr. Ich hatte komplett die Zeit vergessen. Noch nicht einmal Hunger hatte ich verspürt.

»Äh, *sorry*. Bei mir war einiges los.«

Sie schaute mich verdutzt an. Und fragte:

»Ich dachte, du wolltest zum Abschied noch einmal in die Werkstatt deines Opas. Wie kann da viel los gewesen sein?«

Sie griff sich in ihre abstehenden, blondgefärbten Haare und sorgte dafür, dass ihre Frisur noch wilder aussah.

»Da war ich auch. Du wirst es nicht glauben ... aber willst du dich nicht setzen, bevor ich berichte.«

Chris war nicht so der häusliche Typ. Immer auf Achse kannte sie überall jemanden. Ein Nachmittag auf der Couch war für sie kaum vorstellbar.

»Jetzt lass mal. Komm, wir gehen in die Küche. Ich mache uns einen Kaffee. Dann erzählst du mir, was dich beschäftigt.«

Chris war die, wie soll ich es ausdrücken, Reifere von uns beiden. Nicht, dass ich mich im Leben nicht zurechtfinden würde. Es lag mehr an ihren Ansichten. Sie hatte zu allem eine Meinung, die sie meistens nachdrücklich vertrat. Ich befand mich eher in einer Orientierungsphase. Deshalb, so vermutete ich, war ich auch begeisterungsfähiger. Wenn ich mal wieder abhob, dann holte sie mich auf den Boden der Tatsachen zurück. Was ich teilweise ziemlich ernüchternd fand. Denn Pläne schmieden und von großen Taten träumen kann äußerst erhebend sein.

Sie kannte meine Phasen des Spinnens recht gut. Das war mir bewusst, als sie mir von dem frisch duftenden Kaffee einschenkte und ich reichlich Milch dazugab. Während ich an dem heißen Gemisch nippte, überlegte ich, wie ich es hinkriegen konnte, dass sie mich dieses Mal ernst nehmen würde.

»Also, schieß los. Welche Idee treibt dich um?«

»Nicht mich, sondern Opa Hans.«

»Entschuldige, haben wir ihn nicht gestern beerdigt? Er ist tot.«

»Auch Tote können heutzutage mit dir sprechen.«

In ihrer typisch burschikosen Art lehnte sie sich auf die Arbeitsplatte und grinste herausfordernd.

»*Ghost. Nachricht von Sam.* Hattest du eine Erscheinung?«

Das Filmzitat konnte sie sich sparen. Ich bemühte mich um Ernsthaftigkeit. Sah sie möglichst durchdringend an.

»Es geht hier nicht um irgendeinen Hokuspokus. Mein Opa Hans hat eine wirklich große Erfindung gemacht.«

Es nutzte nichts. Sie grinste weiter.

»In dieser Rumpelkammer von Werkstatt? Ein alter Mann von achtzig Jahren?«

So langsam fing ich an, mich aufzuregen. Hörte sie nicht zu? Wollte sie nicht begreifen? Ich musste wohl deutlicher werden.

»Zum Mitschreiben: Ich habe in seiner Werkstatt den Zugang zu einem geheimen Labor entdeckt. Es liegt hinter einem Metallschrank. Mit einer App, die er programmiert hat, konnte ich post mortem mit ihm sprechen. Natürlich wurden die Sequenzen vorher aufgenommen. Aber er hat mir mitgeteilt, dass er in seinem Hightech-Labor, das hochprofessionell ausgestattet ist, die Grundlagen für einen neuartigen Energiespeicher entwickelt hat. Eine Revolution, denn er ist einhundertmal leistungsfähiger als alle Existierenden.«

Chris grinste nicht mehr. Ihr Mund stand offen. Anscheinend verarbeitete sie die Neuigkeit. Zur Überbrückung ihrer Nachdenklichkeit trank ich meine Kaffeetasse leer.

Als Reaktion kam sie auf mich zu, griff an meine Stirn und meinte:

»Hast du Fieber? Oder getrunken? Ich habe zwar wenig Ahnung von wissenschaftlichen Innovationen. Jedoch ist mir bekannt, dass solche Dinge nicht in Hinterhofwerkstätten entwickelt werden. Vielleicht von jungen Start-ups mit Investorenkapital dahinter, aber nicht von leicht senilen Rentnern.«

»Es war aber so! Ich habe weder halluziniert, noch geträumt. Das Labor existiert. So wie deine Küche hier. Und ein Prototyp des Akkus liegt auf deinem Couchtisch. Ein USB-Stick, der wahrscheinlich das Konzept und Baupläne enthält, auch. Was sagts du nun?«

Sie ließ mich stehen und eilte in großen Schritten ins Wohnzimmer. Kurz darauf kam sie mit den beiden Beweisen in der Hand zu mir zurück.

»Das Ding hier sieht genauso aus wie die Batterie in meinem alten Transistorradio, das ich von meiner Oma geerbt habe. Soweit mir bekannt, ist das eine Mono-Batterie, die irgendjemand umgestaltet hat. Das kann ich auch. Hast du den Inhalt des Sticks schon überprüft? Ich wette, da ist nur Blödsinn drauf. Sei mir nicht böse, Roman. Aber dein Opa war wohl nicht mehr ganz zurechnungsfähig.«

Ich regte mich nun richtig auf. Das Blut stieg mir zu Kopf und ich war kurz vorm Platzen.

»Wie kommst du darauf, so von ihm zu sprechen! Du hast ihn doch gar nicht gekannt. Er hat mir mein Grundlagenwissen beigebracht. Und außerdem hat er in der Fabrik an verwandten Energiethemen gearbeitet. Die hatten dort auch mit Akkus zu tun. In seiner Funktion als Materialprüfer und ehemaliger Chemielaborant kannte er sich aus.«

»Wollen wir uns über diesen Quatsch streiten? Wir haben heute in der Berufsschule einen Test geschrieben. Mir brummt noch immer der Schädel. Ich muss raus. Joggen. Kommst du mit? Das würde dir guttun.«

Sie legte sowohl den Prototyp als auch den Stick auf die Küchenarbeitsplatte, streichelte mir wie einem armen, verwirrten Etwas über die Backe und verschwand im Schlafzimmer.

*Das war es wohl erst einmal gewesen in Sachen Verständnis und Unterstützung seitens meiner Freundin. Die Welt wartete anscheinend nicht auf die epochale Erfindung meines Opas.* Chris war ein erster, aber aussagekräftiger Beweis dafür.

Ich war frustriert, bevor ich überhaupt angefangen hatte. *Wie sollte es mir ergehen, wenn ich mit einem Fachmann sprach? Der würde mich vermutlich noch nicht einmal anhören.*

Es wurde mir immer klarer: Wenn ich erfolgreich sein wollte, dann musste ich professionell vorgehen. Mich dementsprechend vorbereiten und am besten die Dinge und Argumente nutzen, die Opa Hans auch bei mir eingesetzt hatte. Die App zum Beispiel.

Um die Laune von Chris hochzuhalten, schlug ich ihr vor:

»Chris warte! Ich komme mit.«

Ich folgte ihr brav ins Schlafzimmer.

Sie stand im Slip da und ich war wieder einmal überwältigt von ihrer sportlich drahtigen Figur. Schlanke, lange Beine, dünne, wohlgeformte Arme und ein flacher Bauch. Wobei ihre kleinen Brüste auch nicht schlecht waren. Bei diesem Anblick war mein Ärger schnell verflogen.

»Darf ich dich küssen?«, fragte ich vorsichtig.

»Was soll die Frage?«

Sie beugte sich zu mir und saugte an meinen Lippen.

»Als Liebhaber gefällst du mir deutlich besser. Lass das mal mit dem Wissenschaftler. Die sind blass, fettleibig und werden mit der Zeit zu Eigenbrötlern.«

Das wollte ich auf keinen Fall. Deshalb spannte ich meine Muskeln an und zeigte ihr meine sportliche Seite. Auch und gerade nach dem Joggen.


Am späten Abend kehrte ich in mein Elternhaus zurück. Wie die meisten Abende saßen meine Eltern vor dem Fernseher und sahen die Tagesthemen. Ich holte mir ein Bier aus dem immer gut gefüllten Kühlschrank und setzte mich dazu. Klaus Kleber moderierte einen Bericht über nachhaltige Energiegewinnung. Dabei erklärte er die Zusammenhänge zwischen ‚grüner Erzeugung‘, und ‚ökologisch nachhaltigem Verbrauch‘. Nur wenn beides zusammenspielte, könnten die Menschen ihren ökologischen Fußabdruck verringern. Zum Beispiel, wenn Solarstrom ein Elektroauto lädt oder einen energieeffizienten Kühlschrank betreibt. Der folgende Beitrag ging zuerst auf die dreckige Kohle ein, die in Deutschland noch immer und bis auf weiteres das Gros bei der Energieerzeugung darstellte. Das Problem der Energiegewinnung aus Solar oder Wind sei, dass die Stromtrassen bis zu den Metropolregionen fehlten. Deshalb sollte grüner Strom von Nord nach Süd transportiert werden. Um Leistungsspitzen abzufedern, würde aber selbst dann, falls diese Trassen irgendwann einmal verlegt wären, Kohle- oder Atomstrom notwendig sein.

Während ich aufmerksam zusah, fragte ich mich:

*Wem sollte man glauben? Der Stromlobby? Den Grünen? Den Wissenschaftlern? Den Politikern?* Höchstwahrscheinlich würden neue Entwicklungen Tatsachen und in der Folge wieder neue Probleme schaffen.

Was ich nicht verstand, waren wir, die Verbraucher: *Warum kauften immer mehr Menschen SUVs?* Sie waren teurer als normale Pkw. Verbrauchten viel und stießen somit mehr $CO_2$ aus. Ich war so in meinen Überlegungen versunken, dass ich die Frage meines Vaters an mich zuerst nicht hörte.

»Roman? Redest du noch mit mir? Wie war es in Opas Werkstatt?«

Fast hätte ich mich an meinem Bier verschluckt. Ich setzte es ab und der Schaum schoss oben aus der Flasche heraus. Er hatte mich kalt erwischt. Ich wusste nicht, ob ich ihm von meiner Entdeckung berichten sollte. Er war ein notorischer Skeptiker. Lehrer eben. Mathe und Religion. Eine tragische Kombination, wie ich fand.

»Redest du noch mit mir? Ich habe dich etwas gefragt.«

»Ich habe es vernommen«, antwortete ich zur Überbrückung.

»So kompliziert war meine Frage nicht.«

Ich entschied mich, ihn vorsichtig mit meiner Entdeckung vertraut zu machen.

»Können wir den Ton leiser stellen?« Die Tagesthemen waren fast vorbei. Der Wettermann hatte seinen Auftritt.

»Wie du meinst.«

Er schaltete den Apparat aus. Mittlerweile hatte ich auch die Aufmerksamkeit meiner Mutter gewonnen, die von ihrem Kreuzworträtsel aufsah. Meine Eltern guckten mich erwartungsvoll an.

»Ich habe dort eine Entdeckung gemacht. Eine äußerst Außergewöhnliche.«

Es kam keinerlei verbale Reaktion. Nur große Augen.

»Sie hat mir Energie zu tun.«

»Ich hole mir auch ein Bier. So wie du die Sache angehst, kann es sich ziehen.«

Mein Vater verschwand in der Küche. Meine Mutter nutzte die Gelegenheit, um mich vorzuwarnen:

»Du weißt, wie er auf Opa Hans' Spinnereien zu sprechen ist. Als Mathelehrer denkt er logisch und faktenbasiert.«

»Keine Angst ...«

Mein Vater schenkte sich ein Römerpils in sein Glas.

»Angst? Sollte ich die haben?«, fragte er den letzten Halbsatz aufnehmend.

Was für ein blöder Start. Ich musste einen vernünftigen Einstieg finden. Mit der geschmolzenen Tür oder der App zu kommen, hielt ich für wenig hilfreich. Ich ging direkt in medias res.

»Opa hat mir etwas hinterlassen«, formulierte ich mutig.

Damit hatte ich ihre volle Aufmerksamkeit gewonnen.

»Eine Art Testament?«, fragte meine Mutter mit zitternder Stimme. Sie hatte stets Sorge gehabt, dass Opa seine Ersparnisse irgendeinem wohltätigen Verein vermachen würde. Meine Eltern benötigten dringend Geld, um ihre Hypothek auf das Haus zu tilgen.

»Nein, das nicht.«

Ich wollte und konnte sie nicht länger hinhalten. Deshalb griff ich in meinen Hoodie, holte den Akkumulator und den Memory-Stick heraus. Tatsachen schaffend stellte ich beides auf den polierten Marmor-Couchtisch.

»Es geht um eine Erfindung. Sie nennt sich *iON*. Es handelt sich dabei um einen neuartigen Akku. Oder besser gesagt, eine neue Art eines Stromspeichers, der einhundertmal mehr Energiedichte hat, als die aktuellen Lithium-Ionen-Typen. Dabei kommt Graphen und ein seltenes Mineral, Ionit, zum Einsatz.«

So, es war raus. Ich lehnte mich im Ohrensessel zurück und wartete auf Reaktionen.

Hendrik Hess, mein Vater, machte ein Gesicht zwischen Ablehnung und Neugier. Meine Mutter guckte, als ob auf dem Tisch ein Alien liegen würde.

»Kann ich die Batterie mal in die Hand nehmen?«, fragte mein Dad.

Ich nickte.

Er schwang die weiße Zelle hin und her, so als ob er ihren Energiefluss spüren könne. Dann stellte er sie auf den Tisch zurück.

»Woher weißt du das mit der hundertmal stärkeren Energie?«

Nun musste ich die Hosen runter lassen. Ich hatte ja kein Schriftstück oder so etwas.

»Er hat es mir gesagt.«

»Roman!«, schrie meine Mutter voller Entsetzen und hielt ihre Hand vor den Mund.

»Nicht in echt. Es gab ein Video.«

Einen Moment abwartend, ergänzte ich:

»Er hat es vor seinem Tod aufgenommen.« Bei meiner letzten Aussage versuchte ich, zuversichtlich und glaubwürdig zu lächeln.

»Kann Opa uns nicht einfach mal in Ruhe lassen? Sogar nach seinem Ableben macht er sich noch wichtig.«

Da war sie wieder, die alte Eifersucht meines Vaters.

Mutter streichelte ihrem Mann über die Hand und sprach beruhigend:

»Er ist ... war nun mal etwas sonderbar. Dabei hat er es immer nur gut gemeint.«

Die beschwichtigenden Worte meiner Mutter zeigten wenig Wirkung.

»Auf seine ständige Einmischung konnte ich schon immer verzichten. Nun setzt er dem Jungen selbst nach seinem Tod Blödsinn in den Kopf. SUPER-ENERGIE? Hergestellt in einer Hobbywerkstatt in der Bergstraße. Dass ich nicht lache!«

»Vielleicht ist ja was dran, gell' Roman?« Meine Mutter war wieder einmal um Vermittlung bemüht.

»Ihr hättet dabei sein sollen.«

Ich deutete auf die Beweisstücke vor uns.

»Er hat es in seinem Labor erfunden und hergestellt.«

Mein Vater blaffte dazwischen:

»Was für ein Labor? Er hatte zeitlebens nur seine Rumpel-kammer mit wurmstichigem Holz und alten, stumpfen, schrottreifen Werkzeugen.«

»Jetzt tust du ihm aber unrecht!«, echovierte sich meine Mutter.

»Es ist ein Geheimlabor. Keiner kannte den Eingang. Es ist in einem großen Metallschrank versteckt. Man kommt nur mit dieser App hinein.«

Ich hielt meinem Vater den Screen meines *iPhones* vor die Nase.

»Welche App? Da sind viele.«

»Die mit dem *iON*-Logo.«

»Da ist keine!«

Ich sah auf das Display und reagierte geschockt.

»Aber ... heute Morgen war sie noch da!«

»Sohn, was willst du uns hier weismachen?«

Zum zweiten Mal an diesem Tag stieg Wut in mir hoch. *Warum mussten alle Menschen um mich herum an meiner Entdeckung zweifeln? Warum gingen sie nicht positiv und offen mit diesen genialen Neuigkeiten um, die ich ihnen erzählte?* Ich versuchte, mich zu beherrschen und entgegnete:

»Ich will euch nichts weismachen. Die Beweise meiner Entdeckung und Opas Erfindung stehen auf dem Tisch.«

Meinen Vater schien unser Disput auch aufzuregen. Er sprang aus seinem geliebten Sessel auf und tigerte im Wohnzimmer herum.

»Was macht dich so sicher, dass Opas Behauptungen stimmen? Hast du die Batterie denn schon einmal ausprobiert?«

Eine berechtigte Frage. Die Erste an diesem Abend.

»Nein. Dazu bin ich noch nicht gekommen. Außerdem, was nutzt ein Ausprobieren. Sie gibt ähnlich viel Energie ab wie eine übliche Monozelle. Nur eben einhundertmal länger. Bei seiner Innovation geht es darum, wie viel ausdauernder so ein Akku ist. Mit den *iON*-Akkus kannst du ein *Pedelec,* ohne es aufzuladen, 5.000 bis 8.000 km fahren. Oder ein Elektroauto bis zu 30.000 km. Eben einhundertmal mehr wie heute.«

Mein Vater fuchtelte mit seinen Armen herum, holte tief Luft und konterte:

»Das ist doch völlig utopisch! Unrealistisch! Humbug!«

Dieses Mal pflichtete meine Mutter ihrem Mann bei:

»Mein Sohn, sei vernünftig. So etwas ist eine Nummer zu groß für dich. Denk dran, du hast noch nicht einmal studiert!«

*Was sollte diese Bemerkung?* Ich blieb stur. Und fühlte mich erst recht herausgefordert.

»Wartet's nur ab! Ich werde es euch beweisen. Hier auf diesem Stick ...«, ich hielt das kleine, weiße Speichermedium hoch, »... sind die Pläne und Formeln. Mit denen werde ich ein Unternehmen finden, dass die *iON*-Akkus produziert.«

Mein Vater hatte genug von meinen Hirngespinsten. Er baute sich vor mir auf, erhob seinen Zeigefinger und brüllte:

»Du unterstehst dich! Das Einzige, was du erreichen wirst, ist, dass du dich bis auf die Haut blamierst.«

Ich hatte genug von seiner Ignoranz.

»Du kannst mich mal!«, warf ich ihm an den Kopf.

Hektisch sprang ich vor ihm auf. Da ich 1,90 Meter maß und er nur 1,80 Meter, überragte ich ihn deutlich.

»Lass mich durch. Bis zum Beginn meines Studiums im Frühjahr habe ich genügend Zeit, um herauszufinden, ob Opas Erfindung funktioniert oder nicht. Davon werdet ihr mich nicht abhalten. Kapiert?«

Er machte mir Platz. Ich griff mir Akku und Stick und verließ, ohne mich umzudrehen, unser Wohnzimmer. Draußen bereute ich, dass ich versucht hatte, meinen Eltern von meiner Entdeckung zu berichten.

Da ich bei Chris nach dem Joggen geduscht hatte, legte ich mich nach dem Zähneputzen direkt ins Bett. Meine Kraft war komplett aufgebraucht. Im dunklen Zimmer starrte ich an die Decke. Bevor ich die Augen schloss, nahm ich mir vor, gleich morgen den Inhalt des Sticks auf mein *Apple MacBook* zu laden. Die letzten Fragen, die mir vor dem Einschlafen durch den Kopf gingen, waren:

*Wer war bereit, mir zuzuhören? Und wie konnte ich erreichen, dass man mir glaubte?*

# Neue Erkenntnisse

Am nächsten Morgen kamen mir meine gestrigen Erlebnisse wie ein Traum vor. *War ich wirklich im Besitz einer der wichtigsten Erfindungen der letzten Jahrzehnte? Eine, die ganze Industrien verändern würde? Eine, die zentrale Probleme unserer Zeit lösen konnte, wenn sie denn irgendjemand marktreif weiterentwickeln würde?* Mir war klar, dass ich selbst dafür ungeeignet war. Vielleicht nach meinem Studium. Dann aber wäre es sicher zu spät und jemand anderes würde im Rampenlicht stehen.

*War es das, worauf es mir ankam? Berühmt zu werden? In der Presse zu erscheinen? Interviewt zu werden?* Ich musste zugeben, dass mich diese Vorstellung reizte. Ich sah schon die Schlagzeilen vor mir:

**Student verblüfft die Wissenschaft mit epochaler Erfindung.**

Bevor es so weit war, gab es viel Überzeugungsarbeit zu leisten. Das vermutete ich jedenfalls.

Eine kurze Dusche und ein kleines Frühstück später saß ich an meinem Schreibtisch, das geöffnete *Apple MacBook* vor mir, steckte den Memory-Stick in den USB-Port und wartete auf das Erscheinen des passenden Symbols auf meinem Desktop. Da war es. Doppelklicken. Ein Fenster ging auf. Auf die innere Anspannung folgte Enttäuschung. Die Dateien, welche die Ordner *Konzept, Pläne und Berechnungen* enthielten, benötigten das *Linux*-Betriebssystem. Mein *Apple*-Computer konnte mit ihnen nichts anfangen. Ich konnte sie noch nicht einmal öffnen. Verdammt.

*Sollte es das für heute schon gewesen sein?* Ich suchte nach einer Alternative. *Kannte ich jemanden mit einem Linux*-Rechner?

Spontan fiel mir keiner ein. Mitschüler oder Freunde? Fehlanzeige. Vielleicht hatte einer meiner Ex-Lehrer privat einen? Viele Möglichkeiten gab es nicht. Eigentlich nur zwei. Dr. Tristan oder Herr Buschmann. Beide waren Wissenschaft-Nerds. Sollte ich sie in der großen Pause abpassen? Oder zuhause anrufen? Ich entschied mich für die weniger aufdringliche Variante – den Schulbesuch. Für die erste Pause war es schon zu spät. Aber die Zweite könnte klappen.

Bis zum Georg-Büchner-Gymnasium waren es um die zehn Minuten mit dem Motorrad. Draußen regnete es und es war unangenehm kalt. Zur Sicherheit zog ich meine Lederkombi an, obwohl mir klar war, dass mein Auftritt damit im Lehrerzimmer für mehr Aufsehen sorgen würde.

Auf dem Weg kam mir ein Gedanke: *Ich sollte vorsichtig sein und nicht mit zu vielen Leuten darüber sprechen. Eine solche Neuigkeit verbreitete sich wie ein Lauffeuer und erzeugte Neider ...*

*Aber wie sollte ich mich verhalten?*

Ich beruhigte mich, indem ich mir sagte, dass ein Chemielehrer kein Forscher in einem Unternehmen sei, der gleich das große Geld oder die schnelle Karriere vermutete und es deshalb für sich behalten würde, wenn ich ihn darum bat.

Als ich die Aula meiner alten Schule betrat, kamen alle möglichen Erinnerungen hoch: Die Panik vor den Klausuren, die Pausen mit Chris, die wir meistens zum Knutschen genutzt hatten, die Fußballturniere auf dem Bolzplatz und natürlich die Lehrer, die eine besondere Spezies für mich waren.

Da lief mir schon der Erste über den Weg. Ich erkannte ihn sofort. Mein Deutschlehrer Herr Schön. Er war wie immer in Eile.

»Hess, was machen Sie denn hier? Sie hatten doch nicht etwa Sehnsucht?«

Ich hatte den Helm abgezogen und versuchte, meine Haare zu ordnen. Etwas verloren stand ich vor dem schlaksig-dünnen Mann Ende fünfzig und entgegnete möglichst unaufgeregt:

»Äh, Sehnsucht? Nicht gerade. Ich bräuchte mal die Unterstützung einer Ihrer Kollegen. Am besten von Dr. Tristan oder Herrn Buschmann.«

Herr Schön zog seine Stirn in Falten, so wie ich es von ihm kannte. Als Literat pflegte er zu den Naturwissenschaftlern wenig Kontakt. Außerdem waren die beiden Chemiker Eigenbrötler und zumeist nicht im Lehrerzimmer anwesend.

»Buschmann hat uns verlassen. Sie müssen sich mit Dr. Tristan begnügen. Er hält sich, soweit mir bekannt ist, selbst in den Pausen in seinem Labor auf. Ich denke, Sie wissen, wo das ist. Hinten bei den Hörsälen. Machen Sie's gut, Hess. Ich muss weiter. Habe auf dem Schulhof Aufsicht.«

Froh über das Ende des Gesprächs verdrückte ich mich in Richtung des naturwissenschaftlichen Bereichs, der etwas abseits der anderen Klassenräume lag. Die Pause hatte eben begonnen. Sie dauerte nur zwanzig Minuten. Nicht viel Zeit, um Dr. Tristan für mein Thema zu gewinnen.

Die Tür zum Chemieraum stand offen. Schüler waren keine zu sehen. Dafür wischte der Chemielehrer die Tafel. Da er mit dem Rücken zu mir arbeitete, rief ich vorsichtshalber laut und deutlich, denn ich erinnerte mich, dass Tristan etwas schwerhörig war:

»Doktor Tristan, hätten Sie einen Moment Zeit für mich? Hier ist Roman Hess, Ihr ehemaliger Schüler.«

Erschrocken drehte er sich zu mir um, den nassen Schwamm in der Hand haltend. Seine weißen Haare waren länger geworden, so sah er noch mehr nach verrücktem Professor aus. Als er zu sprechen begann, erinnerte ich mich an sein Lispeln, das einem, wenn man eine Doppelstunde hatte, tierisch auf die Nerven gehen konnte.

»Hessch? Tschön, Schie schu schehen.«

»Hallo Dr. Tristan, entschuldigen Sie, wenn ich Sie überfalle. Es ist wichtig. Sie haben doch einen Computer mit einem *Linux*-Betriebssystem? Ich hätte da ein paar Dateien und Formeln ...«

Er tippelte mir entgegen und streckte seinen Arm aus, der in einem weißen Kittel steckte.

»Tscheigen Schie mal her!«

»Das ist der Stick. Normaler USB.«

Das kleine Teil verschwand unverzüglich und ohne eine spezifische Reaktion in seiner Pranke.

»Mein Reschner schteht im Labor.«

Ich folgte ihm und tauchte in seine Welt ein.

Das Labor war ein schmaler, langer Raum mit einem von links nach rechts reichenden, roten Fliesentisch, auf dem verschiedene Versuchsanordnungen aufgebaut waren, die für den Unterricht benötigt wurden. Ich erinnerte mich noch genau, dass nur Dr. Tristans Lieblingsschüler in das Labor durften, um Reagenzgläser, Kolben oder Messgeräte herauszuholen. Es war also eine Ehre, dass ich ihm nun folgen durfte.

»Schzetzen Sie sich.«

Ich nahm auf einem Drehhocker Platz und beobachtete, wie mein Ex-Chemielehrer seinen klobigen Laptop einer Noname-Marke öffnete.

Während er den Stick in einen der vielen USB-Steckplätze schob, fragte er:

»Um wasch genau handelt esch tsisch denn?«

Nun musste ich konkret werden.

»Die Entwicklung eines neuartigen Akkus.«

Er drehte sich zu mir und sein Gesichtsausdruck zeigte deutliche Skepsis.

»Daran haben tsisch schon viele dran probiert. Seit der Erfindung des Lithium-Ionen-Akkus 1991 von Sony ist nichts Weltbewegendes mehr passiert.«

Anscheinend kannte sich Dr. Tristan mit der Materie aus. Jedenfalls mehr als ich.

»Dann tschaun wir mal.«

Er öffnete das Dokument *Konzept*. Dabei schaute ich ihm über die Schulter und sah ein handschriftliches Dokument, das wohl von meinem Opa eingescannt worden war. Die Schrift war krakelig und wirkte ungelenk. Dr. Tristan schwieg und überflog die Seiten. Nach fast fünf Minuten drehte er sich mir zu, holte Luft und gab einen ersten Kommentar ab:

»Dasch ischt ...«

Er schob sich seine Brille weiter auf den Nasenrücken. Dabei erkannte ich ein leichtes Zittern seiner Hand.

»... unglaublich!«

Er sah mich verstört an.

»Woher haben tschie das? Dasch Mineral ischt extrem tschelten. Es stammt von einem Meteoriten. Man nennt esch Ionit.«

Mein siebter Sinn sagte mir, ich sollte mit meinen Informationen vorsichtig sein.

»Es ist von einem Bekannten.«

Dr. Tristan rieb seine Stirn. Er hatte zu schwitzen begonnen.

»Esch gibt noch einen weiteren Bauschtoff. Auch eher tschelten, der verwendet wurde. Graphen. Tschie kennen Graphit?«

»Ja, von Bleistiften.«

Er nickte. »Genau. Es hat was mit Kohlenstoff zu tun.«

»Gar nischt tscho schlecht, Ihre Vermutung. Kohlenschtoff ischt eines der bekannteschten chemischen Elemente. Graphen ist eine Modifikation des Kohlenschtoffs in zweidimensionaler Struktur. Es beschteht aus Kohlenschtoffatomen, die wie Bienenwaben angeordnet schind und nur eine einzige Atomlagen-dicke Schicht bilden. Diese kann als Bauschtein für andere Formen dienen: Schtapelt man viele dieser Schichten übereinander, ergibt sich Graphit, der auch in Bleistiften zum Einsatz kommt. Das Entscheidende aber ischt, dasch in Graphen die Kohlenstoffatome jeweils auf den Ecken von regelmäßig angeordneten Schsechsecken sitzen. Dabei wechschelwirken die Atome miteinander und ihre elektrischen Felder überlagern sich in einer Art, die Graphen als Material einzischgartig macht. Schtrom wird eineinhalbmal besscher geleitet alsch von Kupfer. Dasch Material ischt alscho vielversprechend für die Verwendung in Akkus. Dasch muss isch zugeben. Aber Ionit?«

Erneut schüttelte er heftig mit seinem weißhaarigen Kopf.

Meine Hände waren, während Dr. Tristan doziert hatte, feucht geworden. Es war also etwas dran an der Erfindung meines Opas. Würde der Chemielehrer das anerkennen? Ich fragte ihn direkt, ohne zu viel zu verraten.

»Dann könnte man einen Akku unter Verwendung von Graphen und Ionit herstellen?«

Dr. Tristan erhob sich. Er hatte die Angewohnheit, beim Erklären im Raum von links nach rechts zu laufen. Obwohl es im Labor nicht viel Platz gab, legte er los:

»In der Theorie ... tschon. Nur esch bedarf vieler Exschperimente, ihn marktreif zu machen. Wahrscheinlisch tauchen dabei unlösbare Probleme auf.«

Ich war drauf und dran, ihm den *iON*-Prototyp zu zeigen. Doch ich beherrschte mich. Stattdessen wies ich ihn auf den zweiten Ordner mit dem Titel *Pläne* hin.

Er öffnete ihn und rief erstaunt:

»Donnerwetter! Dasch ischt revolutionär! Ein gewickelter Graphen-Kern. Scho dünn. Und scho leicht. Und wahrscheinlisch exschtrem schnell aufzschuladen. Und mit der Elektrode aus Ionit ... «

Es gongte. Zu dumm. Dr. Tristan musste gleich in den Unterricht. Ich musste schnell handeln.

»Könnten Sie mir von den Dateien pdfs schreiben? Dann kann ich sie auch auf meinem *Apple*-Computer ansehen. Und danke für Ihre Zeit und Ihre Analyse.«

Er zögerte kurz, doch setzte sich dann wieder auf den Drehhocker und gab einige Kurzbefehle ein.

»Herr Hess, ischt Ihnen klar, wasch Schie da haben?«

Ich nickte.

»Was würden Sie an meiner Stelle damit tun?«

Er sah mich mit einer Mischung aus Neid und Begeisterung an:

»Ihr Berufschleben liegt vor Ihnen. Gründen Schie ein Unternehmen. Vorher sollten Schie Schponsoren finden. Denn Forschung ist teuer und braucht Zscheit. Viel Zscheit.«

Ein guter Rat. Nur wie befolgen? Darüber würde ich mir zu Hause Gedanken machen. Fürs Erste hatte mir mein Ex-Chemielehrer enorm weitergeholfen und Sicherheit gegeben.

»Vielen Dank, Dr. Tristan. Könnten Sie mir den USB-Stick zurückgeben?«

Er griff sich an seinen Kopf und stammelte:

»Wie vergeschlich von mir. Dasch kleine Ding.«

Er zog es heraus, schaute noch einmal mit wehmütigem Blick darauf. Schließlich gab er mir zögerlich den Stick zurück. Ich bedankte mich erneut und verließ möglichst schnell und unauffällig das Chemielabor und mein ehemaliges Gymnasium, was nicht so leicht war, denn die Massen an Schülern strömten in die gegensätzliche Richtung.

Draußen empfing mich unangenehmer Nieselregen. Ich fuhr nicht gleich los, sondern dachte über die neuen Erkenntnisse nach.

Dr. Tristan war kein Spezialist auf dem Gebiet der Batterieforschung, trotzdem hielt ich einiges von seinem Urteil. Er hätte mir mitgeteilt, wenn das Grundprinzip von Opas Erfindung nichts gewesen wäre. Im Grunde genommen hatte er mir Hoffnung gemacht und mich aufgefordert, damit weiter zu machen. Sogar auf eigene Faust. Was für mich eher utopisch wirkte. Leider hatte ich kein Chemie- oder Physikstudium hinter mir. Aber vielleicht könnte ich ja der Chef eines kleinen Unternehmens werden, das den *iON*-Akku herstellen würde? Mein Optimismus war wieder da. Ich beschloss, ihn für mich zu behalten und weder Chris noch meinen Eltern davon zu berichten.

# Streit

Chris und ich hatten ausgemacht, dass wir an diesem Abend zusammen Pizzaessen gehen wollten. Wir trafen uns meistens beim selben Italiener am Marktplatz. Manchmal kamen Freunde oder Bekannte dazu. Heute wollten wir alleine sein und reden.

Doch als ich das Lokal betrat, sah ich, dass es nicht so sein würde. An Chris Tisch hockten zwei Typen, die ich nicht kannte. Einer, so Ende dreißig, hatte einen schwarzen Hipster-Vollbart und eine Glatze. Er wirkte in Anzug und Krawatte übertrieben geleckt und seriös. Der andere, etwas Jüngere, war genau das Gegenteil. Er hatte längere, strähnige Haare, trug ein Sweatshirt mit einem Harley-Davidson-Logo und war an den Armen und am Hals tätowiert.

*Was hatte Chris mit diesen Typen zu tun? Und warum saßen sie an unserem Tisch?*

Ich ging auf die Drei zu und beachtete bewusst nur Chris, indem ich ihr einen Kuss gab und mich danach auf den freien Stuhl setzte. Sollten die sich doch vorstellen.

Das Ritual übernahm meine Freundin, was ich so nicht von ihr gewohnt war.

»Roman, das sind zwei Arbeitskollegen aus der Agentur. Sie wollen dich kennenlernen.«

*Mich kennenlernen? Was hatte ich mit Werbung zu tun?,* fragte ich mich. Trotzdem lächelte ich die beiden freundlich an.

Der Schlipsträger redete unmittelbar geschwollen daher:

»Stephan Himmelreich. *Management Supervisor* von *Target*. Wir sind eine Werbeagentur, die sich auf die Vermarktung von technischen Innovationen spezialisiert hat.«

Es klingelte in meinem Kopf. *Hatte Chris geplaudert?* Der Tätowierte stellte sich anschließend vor:

»Joachim, aber allen nennen mich Jo, Kapellmann. *Creative Director*. Meine Aufgabe ist es, bei *Target* die Werbekampagnen für komplexe technische Güter zu konzipieren und zu realisieren. Egal ob im Web oder in TV.«

*Werbekampagne? Ich hatte ja noch nicht einmal eine Fertigung für das Produkt.*

Nun war ich dran. Ich stapelte lieber tief.

»Mit so beeindruckenden Titeln, wie ihr sie habt, kann ich nicht dienen. Mein Name ist Roman Hess. Ich habe mein Abi hinter mir und will nächstes Jahr mit dem Studium beginnen. Geplant ist *Mechatronik*. Ist aber noch nicht sicher.«

Mehr sagte ich nicht. Sollte Chris doch die Gesprächsführung übernehmen. Sie hatte das Treffen initiiert.

Bevor wir uns über Details Austauschen konnten, durften wir zuerst bestellen. Alle entschieden sich für eine Pizza aus der ellenlangen Karte. Die beiden Werber tranken Rotwein. Einen *Chianti Classico,* den Stephan Himmelreich umständlich orderte. Chris und ich hielten uns wie üblich an Cola.

Zwischendurch sah ich meine Freundin durchdringend an und fasste ihr unter dem Tisch ans Knie. Sie reagierte genervt und signalisierte mir mit ihren Augen, dass ich mich zusammennehmen sollte.

Als die Getränke kamen, meinte sie wie beiläufig:

»Roman, ich habe meinen Kollegen von deiner Entdeckung in Opa Hans' Labor berichtet. Du solltest wissen, dass *Target* junge Unternehmen und Unternehmer unterstützt. Sie helfen beim Vertrieb, dem Marketing und der Endverbraucherwerbung. Außerdem ...«

Darum ging es also. Die beiden Herren witterten ein lukratives Geschäft.

Während Chris geredet hatte, betrachtete mich der *Management Supervisor,* als ob ich ein Frettchen in einem Käfig sei. Ich fühlte mich seltsam unwohl. Der *Creative Director* wirkte eher gelangweilt und spielte mit seinem Messer herum.

Himmelreich unterbrach Chris mitten im Satz:

»Sie müssen wissen, wir haben schon so einige Produkte erfolgreich *gelaunched.* Zu unseren Kunden zählen sowohl Start-ups als auch etablierte Unternehmen. Aber das wissen Sie bestimmt, denn Ihre Freundin gehört ja zu unserem Team.«

Ich wusste so gut wie nichts von *Target.* Außer, dass sie armselig bezahlten und Chris als Azubi andauernd Überstunden machen musste.

Die Pizzen kamen. Es entstand eine Pause, denn alle waren erst einmal mit schneiden und essen beschäftigt. Der tätowierte *Creative Director* Jo unterbrach das allgemeine Kauen mit vollem Mund:

»Hey Roman, diese Batterie, die dein Opa erfunden hat, die muss ja mega sein. Willst du uns nicht mal *briefen*?«

*Briefen?* Was meinte er denn damit? Ich verstand nur Bahnhof.

Ich kaute zu Ende, legte Messer und Gabel auf den Tisch und trank einen Schluck von meiner Cola, dann setzte ich an:

»So, wie ich es verstehe, konzipiert ihr Werbung. Dafür ist es noch viel zu früh. Die ganze Sache ist am Anfang. Es gibt Pläne. Der Akku muss erst marktreif entwickelt werden. Bis zum fertigen Produkt kann es Jahre dauern.«

Jetzt war es Chris, die mich unter dem Tisch mit ihrem Fuß trat. Anscheinend hatte sie mit einer anderen Reaktion von mir gerechnet.

Himmelreich tat so, als ob er meine Erklärung nicht gehört hätte. Er machte einfach da weiter, wo er aufgehört hatte. Er war wohl ablehnende Reaktionen gewöhnt.

»Die Philosophie unserer Agentur ist es, neue Produkte von der Idee bis zur Marktreife zu begleiten. Wir arbeiten holistisch. Deshalb gibt es bei uns Spezialisten aus allen Phasen des Produkt-Lebenszyklus. Sie brauchen also keine Bedenken haben, Herr Hess. Wir halten durch.« Beim letzten Satz grinste er wie ein Honigkuchenpferd.

Auch Chris lächelte mich an und streichelte meine Hand. Ich kam mir wie ein Hündchen vor, das mit einem Leckerli ruhig gestellt wurde.

Mittlerweile war meine Pizza kalt. Ich hatte nur die Hälfte gegessen. Mir war der Hunger vergangen. Obwohl ich Chris gerne zurechtgewiesen hätte, behielt ich die Fassung und fragte trocken:

»Und wer bezahlt Sie? Ich habe keinen Cent bei mir.«

Wieder griente Himmelreich. Dabei sah er wie ein Pfarrer aus, der seine Schäflein besänftigen wollte.

»Herr Hess, als Nächstes sollten wir uns in der Agentur zusammensetzen. Da stelle ich Ihnen unsere *Credential* vor. Die erklärt jeden Schritt der Zusammenarbeit *en Detail*.«

Eben platzte mir der Kragen. Es musste einfach raus:

»Herr Himmelreich, noch einmal zum Mitschreiben: Ich habe momentan kein Interesse, an Ihrer, wie auch immer sie heißt, Präsentation. Vielleicht zu einem späteren Zeitpunkt. Zuerst einmal ist wissenschaftliche Arbeit gefordert. Und nicht Marketinggelaber.«

Das saß. Der *Management Supervisor* zuckte zurück und wischte sich den Mund ab. Dann sah er Chris an. Die hatte einen roten Kopf unter ihrem hellblonden Schopf bekommen. Ihr fiel kein passender Kommentar ein, um die Situation zu retten, denn sie starrte mich nur mit offenem Mund an.

Himmelreich und Kapellmann tranken ihre Rotweingläser aus. Dann standen sie auf und verabschiedeten sich.

»Noch einen schönen Abend. Sie waren übrigens unsere Gäste. Falls später ein Interesse besteht ...« Er legte seine Visitenkarte an seinen Platz.

Nachdem wir am Tisch alleine waren, herrschte betretenes Schweigen zwischen Chris und mir. Nach einigen Minuten zischte sie:

»Wie konntest du nur?«

Ich zischte zurück:

»Wie konntest *du* nur?«

Wieder Schweigen.

Ich brach es. Suchte nach einem Themenwechsel, doch mir fiel nur ein:

»Ich war heute am Georg-Büchner-Gymnasium. Habe dort meinen alten Chemielehrer Dr. Tizian getroffen.«

Sie blickte auf.

»Und?«

»Er glaubt an Opas Erfindung. Das Grundkonzept sei vielversprechend. Aber, wie ich eben betont habe, noch lange nicht marktreif.«

Sie konnte wohl nicht anders, denn sie konterte:

»Und warum warst du dann so ablehnend zu meinen Kollegen?«

Nun musste ich vorsichtig in meiner Wortwahl sein. Ich wollte sie nicht weiter provozieren.

»Bitte verstehe. Sie sind die Falschen. Was ich suche, sind erfahrene Wissenschaftler. Chemiker, Physiker, aber keine Werbefuzzis.«

Schon beim Aussprechen wusste ich, dass dieser Begriff sie reizen würde.

»Dann bin ich eine Werbetussi, die von nichts Ahnung hat. Schon gar nicht von deinen hochwissenschaftlichen Themen!«

Ich holte Luft und wollte etwas dazu sagen. Doch es war zu spät. Sie stand auf und warf ihre Serviette auf den Tisch.

»Roman Hess, du bist das Letzte! Ein arroganter Arsch. Ich wollte dir helfen. Aber was machst du? Ach, du bist es nicht wert. Leck mich!«

Fort war sie. Von der ganzen Aufregung hatte ich Durst bekommen. Doch ich hatte nichts mehr zu trinken und auch kein Geld dabei. Dann entdeckte ich den *Chianti Classico* vor mir. Die Flasche war noch zu einem Drittel gefüllt. Mein Colaglas fasste genau die Menge. *Immerhin etwas,* dachte ich. Nachdem ich das Glas geleert hatte, fühlte ich mich zwar etwas wohler und eine angenehme Wärme stieg in mir hoch; eine Idee, wie es weitergehen könnte, hatte ich aber nicht.

# Neue Chancen

Seit einer Woche war Funkstille zwischen mir und Chris. Sie konzentrierte sich auf ihre Arbeit bei *Target* und ich grübelte in meinem Zimmer. Ab und zu joggte ich oder ging mit unserem Hund, Lümmel, Gassi.

Ich glaube, es war an einem Dienstag, als bei uns das Telefon klingelte. Für mich rief so gut wie niemand an. Mit meinem besten Freund, Alex, kommunizierte ich ausschließlich über SMS oder Facebook. Ihn hatte ich eingeweiht, doch als Sportstudent konnte er mir nicht weiterhelfen. Immerhin unterstützte er mich moralisch, indem er sich meine Probleme mit Chris anhörte.

»Roman! Es ist für dich! Komm runter«, rief meine Mutter aus dem Flur nach oben.

»Ich komme!«, entgegnete ich und stolperte kurz vor dem Festnetztelefon über den Läufer. Etwas kurzatmig formulierte ich meine Standardbegrüßung:

»Hier Roman Hess, hallo.«

»*FES – Future Energy Solutions*, Heidi Hummel, ich verbinde Sie mit unserem *CEO* Herrn Hubert Richter«, sprach eine helle Stimme in einem eigentümlichen Singsang.

Klassische Musik wurde eingespielt. *CEO? Für was stand das nochmal? Irgendwas mit Chief ... Es war, das wusste ich, der Chef eines Unternehmens.*

Die Musik stoppte. Ich meldete mich erneut mit meinem Namen. Eine sonore, männliche Stimme ertönte, die seltsam beruhigend auf mich wirkte.

»Guten Tag Herr Hess, ich habe in Erfahrung bringen können, dass Sie in Besitz eines vielversprechenden Energiespeicher-Konzeptes sind?« Er machte eine Pause, anscheinend erwartete er von mir eine Reaktion. Doch da ich zu überrascht war, wartete ich lieber.

»Hören Sie?«

»Ja, ich höre.«

»Unser Unternehmen beschäftigt sich seit Jahren mit der Weiterentwicklung der *Lithium-Ionen-Technologie*. Außerdem forschen wir an *Lithium-Luft* und *Natrium-Luft Batterien*. Wir sind gleichwohl an allen anderen Forschungsansätzen interessiert. Um welchen Typ handelt es sich denn bei Ihrem Konzept?«

Ich war völlig überfordert. Komplett unvorbereitet in ein solches Gespräch verwickelt zu werden, überstieg meine Improvisationsfähigkeiten. Stotternd antwortete ich:

»Äh, ich glaube, ich denke, es ist eine Kombination der *Lithium-Ionen Technologie* mit *Graphen* und einem seltenen Mineral von einem Meteoriten, es nennt sich, soweit ich informiert bin, *Ionit*.«

Nun dauerte es einen Moment, bis der *CEO* auf meine Beschreibung reagierte:

»Was Sie nicht sagen. Auf dieses Gebiet haben wir uns, das muss ich gestehen, bisher nicht bewegt. Die Herstellung von Graphen ist eine komplexe Angelegenheit. Ist Ihnen bekannt, dass erst vor fünf Jahren die russischen Wissenschaftler Geim und Novoselov für ihre Untersuchungen mit dem Nobelpreis für Physik ausgezeichnet wurden? Die EU fördert die Erforschung von *Graphen* mit 1 Milliarde *Euro*.«

Mein Mund wurde trocken. Die Zunge klebte mir am Gaumen. Ich stammelte:

»Sehr interessant. Letzteres war mir nicht bekannt.«

Mein Gesprächspartner räusperte sich.

»Ich muss gestehen, Herr Hess, ich war erst kritisch, als uns unser Informant von Ihnen berichtete. Ein junger Mann, der in Besitz einer solchen Entwicklung ist, kommt nicht alle Tage vor ... Und *Ionit?* Ich frage mich, wie Sie da überhaupt herangekommen sind?«

Mittlerweile hatte ich mich etwas gefangen und mein Denkapparat funktionierte ordentlich. Ich wollte dem Mann nun doch etwas mehr Selbstbewusstsein entgegenbringen.

»Herr Richter ... zum einen würde ich gerne erfahren, wer Ihr Informant ist, denn es wissen nur eine Handvoll Personen von der Erfindung. Zum anderen bin ich zwar im Besitz der Aufzeichnungen, war aber nicht an der Entwicklung beteiligt. Das war mein verstorbener Großvater. Und dem kann ich nun mal leider keine Fragen mehr stellen.«

»Nun ja. Wie auch immer. Wir sollten die Details nicht am Telefon besprechen. Wären Sie bereit, in unsere Zentrale nach Erlangen zu kommen? Dann können wir in Ruhe alles durchgehen. Sie suchen doch eine Möglichkeit, die Pläne in die Realität umzusetzen?«

Weitere Fragen ratterten nur so in meinem Kopf herum. Ich sagte mir: *Roman, reiß dich zusammen. Das ist deine Chance. Sie ist allemal besser als die von den Typen von Target. Außerdem kannst du immer noch absagen.*

»Das tue ich, Herr Richter. Ich bin interessiert. Sehr sogar. Wann würde es Ihnen denn passen?«

Ich hörte in der Leitung, wie Richter abgedämpft mit jemanden sprach:

»Er ist verdammt jung. Hat wenig Ahnung.«

»Meine Sekretärin vereinbart einen Termin mit Ihnen. Das klappt mit Sicherheit diese Woche. Selbstverständlich zahlen wir die Anreise und eine Übernachtung. Die Details werden von ihr geregelt. Wir sehen uns, Herr Hess.«

»Soll ich dranbleiben?«

Er hatte schon aufgelegt. Die klassische Musik ertönte wieder.

»Herr Hess? Sind Sie noch in der Leitung? Ich habe einen Termin am Donnerstag um 14:00 Uhr bei Herrn Richter frei. Er hat eine Stunde für Sie. Danach planen wir eine Führung durch unsere Entwicklungslabore. Eine Übernachtung ist im *Novotel* in der Erlangener Innenstadt für Sie vorgesehen. Und ein erster Klasse-Bahnticket buche ich gleich. Frankfurt Hauptbahnhof? Ist das passend?«

Alles ging so schnell. Ich wusste nicht, wie mir geschah. Meine Antwort kam, ohne weiter zu überlegen:

»Ja, vom Hauptbahnhof. Brauchen Sie meine Mailadresse?«

»Das wäre von Vorteil«, säuselte die Sekretärin.

»romanhess@gmail.com«

»Danke. Sie können vom Bahnhof in Erlangen mit dem Taxi zu uns fahren. Wir sind im Ortsteil Tennenlohe. Der liegt südlich des Erlanger Zentrums. Die Taxifahrer kennen uns. 14:00 Uhr. Seien Sie bitte pünktlich. Soll ich Ihnen einen Google-Termin für Ihr Smartphone schicken? Dann benötige ich auch noch Ihre Mobilnummer.«

»Das wäre nett.«

Ich gab die Nummer durch. Somit hatte *FES* meine wichtigsten persönlichen Daten.

»Am Empfang melden Sie sich bitte an und sagen, dass Sie einen Termin mit unserem *CEO* haben. Denken Sie an Ihren Ausweis. Sonst kommen Sie nicht herein.«

»Sehr freundlich von Ihnen«, fiel mir ein.

»Dann bis Donnerstag.«

»Bis Donnerstag.«

Ich legte mit schweißnassen Händen auf.

Der *CEO* hatte mir nicht seinen Informanten genannt. *Wer hatte mich dieses Mal weiterempfohlen? Es konnte nur Dr. Tristan gewesen sein. Er schien Kontakte in die Industrie zu haben. Sollte ich mich bei ihm bedanken?*

Ich entschied, dies nach meinem Termin in Erlangen zu tun. Wer weiß, was dabei herauskommen würde. Jedenfalls fühlte ich mich mit einem Mal komplett anders. Irgendwie größer, wichtiger – in die Wissenschaftswelt aufgenommen.

Um mich auf dieses anspruchsvolle Gespräch vorzubereiten, verließ ich das Haus und fuhr in die Bergstraße. Ich wollte die Atmosphäre des Labors nutzen, um mir Gedanken zu machen, was ich sagen und wie ich reagieren wollte.

Da wir nicht im Stadtzentrum wohnten, startete ich meine *Yamaha SR500.* Der Einzylindermotor, der keinen Elektroanlasser besaß, sprang in der Kälte wie meistens nicht sofort an. Es konnte schon mal vorkommen, dass ich nach ungefähr 50 Startversuchen schweißnass aufgab. Doch ich liebte das tiefe Blubbern des Oldtimer-Motorrads und es bot jede Menge Fahrspaß, deshalb nahm ich die Anstrengung gerne in Kauf.

Die Werkstatt hatte nichts von ihrer Patina verloren. Es roch nach Holz, Metall und Staub. Mir kam es so vor, als ob

Opa sie eben verlassen hatte. Mir verursachte der Gedanke einen Stich im Herz. Im Raum stehend, sagte ich:

»Opa, stell dir vor, ich habe einen Termin bei einem Forschungsunternehmen in Erlangen. Die haben Interesse an deiner Erfindung.«

Erwartungsgemäß kam keine Antwort. Vielleicht hatte mir Opa aber per Video noch etwas zu sagen? Um mich wieder in das WLAN einzuwählen, öffnete ich den Metallschrank. Ich erschrak, denn im Labor brannte das Licht. Ich war mir sicher, dass es aus gewesen war, als ich den Raum verlassen hatte.

Mit klopfendem Herzen stieg ich durch die Öffnung und erkannte sofort, dass sich hier jemand zu schaffen gemacht hatte. Die Schubladen standen offen. Unterschiedlichstes Material war am Boden verstreut. Flaschen mit Flüssigkeiten lagen umgekippt auf der Arbeitsfläche. Mir war klar, hier hatte jemand etwas gesucht. Hatte er es gefunden?

Da ich nicht wusste, was alles im Labor aufbewahrt worden war, konnte ich keine Bestandsaufnahme machen. So stand ich komplett hilflos da und ließ das Chaos auf mich wirken. Dabei wurde mir klar:

Das hier war kein Hobby gewesen. Das war knallharter Wettbewerb. Mein Opa hatte sich weit vorgewagt. Zu weit? Und was wollte ich hier? Ein unerfahrener Abiturient, der von der Materie so gut wie keine Ahnung hatte.

Ich schreckte auf. War da jemand in der Werkstatt? Ich war mir sicher, ich hätte etwas gehört. Vorsichtig schlich ich mich zum Eingang. Dann hörte ich eine mir wohlbekannte Stimme:

»Roman? Bist du hier?«

Es war Tine. Meine jüngere Schwester. Was trieb die denn hier?

»Tine, ich bin hier drin. Du musst durch den Metallschrank klettern.«

Sie folgte meiner Anweisung. Kurz darauf stand sie fassungslos im Labor.

»Es existiert also wirklich. Hast du dieses Durcheinander fabriziert?«, fragte sie in ihrer naiven Art.

»Ja klar. Du kennst mich doch. Ich kann keine Ordnung halten«, antwortete ich provokant.

Sie zeigte mir einen Vogel. Sie war schon immer meine kleine und freche Schwester gewesen. Seit ihrem achtzehnten Geburtstag hatte sie ein erstarktes Selbstbewusstsein und einen Freund. Der, das musste ich zugeben, verdammt gut aussah und schon Mitte zwanzig war. Er studierte Medizin.

»Jetzt mal im Ernst. Was ist hier passiert?«

»Wenn ich das wüsste ...«

Sie drehte sich einmal im Kreis und erklärte besserwisserisch:

»Da waren welche hier, die etwas gesucht haben.«

»Was du nicht sagst.«

»Was hat Opa in diesem Labor eigentlich die ganzen Jahre getrieben? Niemand wusste was davon. Das ist schon verdammt *strange*.«

»Das kannst du wohl sagen. Er hat mich jetzt, nach seinem Tod, teilweise eingeweiht. Seine Erfindung ist epochal. Ein Energiespeicher mit einer neuen Technologie, der überproportional länger Energie abgibt. Außerdem lässt er sich superschnell aufladen.«

»Papa hat so etwas erwähnt.«

»Ach, sag nur. Als ich ihm davon erzählt habe, war er total ablehnend. Du kennst ihn ja. Lehrer, die alles besser wissen.«

»Bei mir hat er sich anders angehört. Opa hätte da einen großen Wurf gelandet. Und er wolle sich an den hessischen Minister für Forschung und Wissenschaft wenden.«

Das war ja die Höhe! Was erlaubte er sich? Außerdem konnte er mal rein gar nichts vorweisen. Dazu brauchte er mich. Und ich würde ...

»Soll er mal. Ohne Konzept und Pläne wird er dort nur ausgelacht werden«, formulierte ich selbstbewusst.

Tine schaute mich mit großen Augen an.

»Sind die etwa geklaut worden?«

Ich schüttelte mit dem Kopf.

»Ich verrate es dir, wenn du dichthalten kannst.«

Meine Schwester nickte zustimmend.

»Sie sind in meinem Besitz. Und ich werde sie am Donnerstag in Erlangen bei *Future Energy Solutions* vorstellen. Da habe ich einen Termin mit dem *CEO*.«

Sie grinste mich breit an.

»Roman Hess. Du bist immer für eine Überraschung gut. Aber pass auf dich auf. Wie es scheint, sind noch andere Leute an Opas Erfindung interessiert.«

Mir war das auch klar, aber ich wollte gegenüber Tine die Situation nicht überdramatisieren, deshalb sagte ich:

»Es ist nur ein Termin. Sie haben mir ein erster Klasse-Ticket gekauft. Ich bleibe nur eine Nacht. Und die Pläne werde ich nur auszugsweise mitnehmen. Ich schwärze einfach die entscheidenden Stellen im pdf.«

Sie stellte sich auf die Zehen und gab mir einen Kuss auf die Backe.

»Du warst schon immer mutig. Ich verrate niemanden etwas und drücke dir die Daumen.«

Auch wenn ich es nicht zugeben wollte, die Unterstützung meiner Schwester half mir in diesem Moment. Wäre ich in dem durchwühlten Labor alleine geblieben, ich wüsste nicht, ob ich weitergemacht hätte. So war die Anspannung zwar groß, aber die Neugier größer.

»Das weiß ich. Komm, lass uns verschwinden.«

Wegen Tines Erscheinen hatte ich völlig vergessen, warum ich ursprünglich in die Bergstraße zurückgekehrt war: Ich wollte nach dem Meteoriten suchen. Er war, neben Graphen, der Schlüssel zur Innovation. Fehlte er, dann konnte ich es vergessen. Das dachte ich zumindest in dieser Phase.

# Erste Verhandlungen

Meine Nervosität stieg. Am Donnerstagmorgen um kurz nach 8:00 Uhr bestieg ich den ICE von Frankfurt/Main Hauptbahnhof nach Nürnberg Hauptbahnhof. Dort musste ich in einen Regionalzug wechseln, der mich direkt ins Stadtzentrum von Erlangen brachte.

Die Zugfahrt war angenehm. Es waren hauptsächlich Geschäftsreisende unterwegs. *Du sitzt in der 1. Klasse, Roman,* sagte ich mir. *Hier reisen keine Schulklassen.*

Ich hatte mir mein einziges Sakko angezogen. Es war blau. Dazu eine saubere Jeans und ein weißes Hemd. Sogar auf meine geliebten Adidas-Sneakers hatte ich verzichtet und dafür dunkelbraune Halbschuhe angezogen, die ich erst einmal gründlich vom Staub befreien musste. Da es unangenehm feucht und kalt war, trug ich einen Parka. Den würde ich bei *FES* schnell ablegen, so hatte ich es mir jedenfalls vorgenommen.

Während der Fahrt studierte ich Opas Aufzeichnungen, aus denen ich noch immer nicht schlau wurde. Aus meiner Perspektive waren es wirre Niederschriften, Zeichnungen und Formeln. Alle krakelig und teilweise überschrieben, dazu oft seitlich ergänzt. *Würde ich mich damit blamieren, so wie es mein Vater prophezeit hatte?*

Mein Vorhaben, Teile davon zu schwärzen, hatte ich realisiert. Es sah echt aus, denn Opa Hans hatte selbst viele Wörter oder ganze Absätze durchgestrichen oder unkenntlich gemacht. Der Prototyp des *iON*-Akkus war in meiner

Parkatasche. Ab und zu griff ich hinein, um mich zu vergewissern, ob er noch vorhanden sei.

Da ich mit dem anstehenden Gespräch bei *Future Energy Solutions* beschäftigt war, hatte ich nicht mehr darüber nachgedacht, warum die *iON*-App von meinem Smartphone verschwunden war. Ich war auch nicht in das durchsuchte Labor zurückgekehrt, um nach dem Meteoriten zu suchen oder wenigstens Bruchstücke von ihm zu finden. Im Mittelpunkt stand für mich erst einmal das Gewinnen von Gewissheit, ob Opa einen seriösen Plan hatte oder ob das Ganze peinlich enden würde.

Der Bahnhof von Erlangen war übersichtlich. Es gab nur wenige Gleise. Dafür aber tausende Fahrräder, die alle rund um das historische Gebäude abgestellt waren. Beim Herauskommen wurde ich fast von zwei Radlern umgefahren. Sie beschwerten sich heftig, ob ich keine Augen im Kopf hätte. Dabei hatte ich geradewegs den Platz überquert und nach einem Taxistand Ausschau gehalten. Die Stadt wirkte irgendwie anders, als ich es von hessischen Orten gewohnt war. Die Häuser bestanden hauptsächlich aus grauem Stein, waren unverputzt und hatten mit roten Schindeln gedeckte Dächer mit vielen kleinen Gauben. Irgendwo hatte ich mal gelesen, dass es sich um den Hugenottenstil handelte.

Das mit den Fahrradfahrern nervte echt. Es war fast unmöglich, sich entspannt umzusehen. Immer fuhr einem einer vor die Füße und man musste ausweichen. Nach einer ersten Orientierung hatte ich den Taxistand entdeckt. Er war verwaist. Da ich sowieso noch zu früh war, beschloss ich, einen Stadtbummel zu unternehmen. Der Frankfurter Nieselregen hatte hier aufgehört. In Erlangen war es feucht und leicht neblig. Ich fand, das Wetter passte zu der historischen Innenstadt, deren Straßen fast alle im Karree angelegt waren, so dass man sich schnell zurechtfand. Ich staunte nicht schlecht, wie viele kleine und individuelle Läden es hier gab. Besonders rund um den Bahnhof wurde allerlei Kram angeboten, der mich interessierte. Als aller Erstes landete ich in einem Plattenladen. Als ich ihn betrat, roch es, wie es nur in solchen Geschäften so anzutreffen war. Die Luft war schwer, staubig und voller herumfliegender Partikel aus vergangenen Zeiten. Überwältigt von dem Angebot wusste ich kaum, wo ich anfangen sollte. Bei den *Stones, Bob Dylan, Mamas & the Papas* oder *Neil Diamond?* Vielleicht doch eher bei den neueren Klassikern aus den Neunzigern wie *Spandau Ballet, Duran Duran, U2* oder *Sting?* Nach wenigen Minuten trug ich drei LPs mit mir herum, die ich kaufen wollte. Am Ende wurden es sechs. Der Ladenbesitzer schenkte mir einen Plattenbesen dazu und freute sich, dass sich ein Frankfurter in sein Geschäft verirrt hatte.

Beim Herauskommen sah ich auf meine Armbanduhr. Ich hatte mich tatsächlich über eine halbe Stunde in dem Geschäft aufgehalten. Meine *Swatch* zeigte 12:30 Uhr. Eine gute Stunde blieb mir bis zu meinem Termin. Die Fahrt dauerte mit dem Taxi nicht einmal fünfzehn Minuten, das wusste ich. Deshalb setzte ich meinen Bummel fort. Mein Weg führte mich in Richtung Schloss. Jedenfalls sagten das die Schilder, die ich gesehen hatte. Auf eine Schlossbesichtigung hatte ich keine Lust, aber vielleicht gab es rundherum etwas zu sehen.

So war es dann auch. Die Geschäfte wurden schicker. Mir kamen fast ausschließlich junge Leute und Rentner entgegen. Wobei die jungen Leute überwogen. Was mir auffiel, waren die vielen Sprachen, die ich zu hören bekam. Französisch,

Spanisch, irgendwas, das nach Kroatisch klang und sogar Russisch. Die Uni in Erlangen schien Studenten aus ganz Europa anzuziehen. Mein Wohlfühlpegel stieg mit jedem Schritt, den ich machte. *Vielleicht sollte ich in Erlangen studieren?,* fragte ich mich.

Das Schloss war eher enttäuschend. Es wirkte heruntergekommen. Dafür gab es dahinter einen schicken Park. Selbst bei diesem miesen Wetter saßen Studenten auf den Bänken, genossen ihre Essenspause oder unterhielten sich entspannt. Während ich an ihnen vorbeischlenderte, bemerkte ich ein etwas versteckt angebrachtes Schild an dem seitlichen Zaun des Parks. Darauf war zu lesen:

**Botanischer Garten. Freier Eintritt.**

Das war doch mal etwas. Man konnte umsonst subtropische Pflanzen bestaunen. Darauf hatte ich Lust. Außerdem herrschte in den Gewächshäusern ein warmes Klima. Genau richtig für den Moment, denn ich fröstelte etwas.

So steuerte ich direkt die Glasdächer an, die zwischen üppigen Stauden und seltenen Bäumen zu erkennen waren. So wie ich es überblickte, gab es drei Zonen. Die mediterrane Landschaft, die Wüste und den Urwald. Letztere war am interessantesten, fand ich. Nach der schweren Glastür empfing mich die tropfende Feuchte des Glashauses. Man war sofort in einer anderen Welt. Schmale Wege schlängelten sich fast komplett mit lianenartigen Gewächsen überwuchert, durch einen dicht gewachsenen Wald. Teilweise musste man Äste und Blätter zur Seite schieben, um hindurch zu gelangen. Nach wenigen Metern nahm ich nur noch das Rauschen eines künstlich angelegten Wasserfalls wahr. Ich sah nach oben. Die Pflanzen hatten sich jeden Quadratzentimeter der circa acht Meter hohen Glaskuppel erobert. Es war überwältigend. Leider gab es keine Bank, auf die ich mich hätte setzen können, um die Abgeschiedenheit mitten in der Stadt in vollen Zügen zu genießen. So blieb ich einfach stehen und drehte mich, alle Details observierend, einmal langsam im Kreis herum. Dabei wurde mir schwindelig. Am Ende der Runde angekommen, geschah etwas völlig Unerwartetes. Zwei schraubstockartige Hände griffen meine Schultern und rissen mich zu Boden. Ich landete mitten in einer Pfütze. Wenigstens hatte ich mich irgendwie abfangen können und lag nicht mit dem Gesicht in der Brühe.

Der Angreifer fackelte nicht lange, stellte sich über mich und drückte mich mit einem seiner schwarzen Stiefel weiter zu Boden. Es war ein massiger Typ mit Pockennarben im Gesicht. Er hatte einen kahl rasierten Schädel, eine breite Nase und dicke, wulstige Lippen. Lederjacke und Cargohose waren, passend zu seinem grimmigen Blick, schwarz. Von oben herab sprach er mich in gebrochenem Deutsch an:

»Nix Zeit. Gib her. Stick. Von deinem Opa. Erfindung ist unser. Er von uns Geld kassiert. Wissen, dass du dabei hast.«

Ohne mich aus seiner Fußfalle zu lassen, bückte sich der Bulldozer und streckte mir seine fleischige Pranke entgegen.

*Was sollte ich tun? Um Hilfe schreien?* Gegen das Monstrum hatte ich null Chancen. Momentan schienen wir in dem Gewächshaus alleine zu sein. Also befolgte ich seine Anweisung, griff in meine Parkatasche, holte den Stick heraus und reichte ihn ihm.

»Braver Junge.«

Er hob sein Bein von mir weg und ich durfte aufstehen. Obwohl er kleiner war als ich, war mir klar, als ich vor ihm stand, dass ich auch ohne seinen hinterhältigen Angriff keine

Chance gegen ihn gehabt hätte. Er hatte Preisboxerformat. Wir standen uns gegenüber. Von mir völlig unerwartet, setzte er ein Grinsen auf. Dabei wirkte er zutraulich. Jedoch war ich noch zu verdattert, um zurück zu grinsen. Außerdem hatte ich ja keinen Grund, da er mich gerade bestohlen hatte. Er fuchtelte mit dem Stick vor meiner Nase herum und meinte:

»Du noch jung. Viele Chance haben. Keine gute Idee von Opa, dir vermachen Erfindung. Ich zurück. Meine Boss warte auf mich.«

Er drehte sich von mir weg. Erst jetzt begriff ich, was die Folge seines Überfalls für mich war. Mein Termin bei *FES* hatte seinen Sinn verloren. Mein Traum schien erst einmal zerplatzt. Aus meiner Naivität heraus, mit Worten, bei ihm etwas ausrichten zu können, fragte ich ihn:

»Für wen arbeiten Sie? Könnte ich nicht mitkommen?«

Das hatte er nicht erwartet. Er unterbrach seine Bewegung und schaute mich verwundert an. Nach einer Weile meinte er:

»Hast Mut, Jungchen. Aber nix gut. Wir nur Boten. Firma sitzt in Russland. Dort ich bringen Stick. Сделай это хорошо. Mach's gut.«

Er war fast draußen, da rief ich ihm nach:

»Скажи боссу компании, что я хочу встретиться с ним. Sag dem Boss der Firma, dass ich ihn gerne kennenlernen will.«

Er rief, bevor die Ausgangstür zuschlug:

»Вы говорите по-русски? Du sprichst Russisch?«

Dann war er weg.

Nun war mir klar, wer Opas Labor durchsucht hatte. Es war Hulk gewesen. Der Vergleich war mir eingefallen, als er so über mir thronte. Gott sei Dank hatte er sich nicht als *der Schreckliche* herausgestellt und ich war glimpflich davongekommen. Nur meine Klamotten waren dreckig und nass. Von hinten betrachtet sah ich aus, als hätte ich in die Hose gemacht. Mein Parka war voll brauner Dreckspritzer.

Aber das war mir egal. Ich dachte nur:

*Wenn ich schon mal hier war und einen Termin bei dem CEO eines renommierten Energieforschungsunternehmens habe, dann würde ich ihn auch wahrnehmen. Wenn ich jetzt loslief, dann würde ich noch pünktlich ankommen.*

Also machte ich mich auf den Weg zum Taxistand. Der war nicht weit entfernt. Schon an der nächsten Ecke, direkt an der Fußgängerzone entdeckte ich einen. An der Wasserturmstraße parkten zwei Taxen.

Der Fahrer wollte mich gleich zutexten, doch mir war nicht danach, weil ich vorhatte, nachzudenken, deshalb schwieg ich auf seine Frage, woher ich denn komme und ob mir Erlangen gefiele. Er brummte etwas von ,unhöflich‘, was mich nicht weiter interessierte.

Mich beschäftigte die Frage, ob Opa im Auftrag für jemanden gearbeitet und für seine Forschungen Geld erhalten hatte. Möglich war es. Und durch seinen Beruf hatte er sicher den einen oder anderen Kontakt ins Ausland aufbauen und pflegen können. Auch nach Russland. Die zweite Frage ging um meinen Termin in wenigen Minuten. *Sollte ich mit offenen Karten spielen und Hubert Richter von dem Überfall berichten?* Die Antwort war aus meiner Sicht: *auf jeden Fall.* Zum einen weil ich den Stick nicht mehr hatte, zum anderen, weil das Projekt *iON* dadurch von noch höherem Interesse für *FES* sein könnte. Ich kam zu dem Schluss, dass ich weiterhin gute Karten hatte, mit Opas Erfindung groß rauszukommen.

Der Taxifahrer brummte:

»Jetzt sind wir da, der Herr. Macht zehn-zwanzig.«

Ich gab ihm zwölf Euro, die er wortlos annahm, und ließ mir eine Quittung ausstellen.

Das Gebäude von *FES* wirkte unscheinbar – Zweckbau. Über der Drehtür war ein schlichtes, beleuchtetes Logo angebracht. Ich richtete mich zu meiner vollen Größe auf und betrat das Atrium, das sich von dem einer Großbank, wie ich sie von Frankfurt kannte, wenig unterschied. In mehreren Metern Entfernung sah ich den winzig wirkenden Kopf einer Empfangsdame, die telefonierte. Ich ging auf den Empfangstresen zu und präsentierte mein Dauerlächeln.

Nachdem ich brav meinen Begrüßungssatz aufgesagt hatte, durfte ich auf den bequemen Lederfauteuils Platz nehmen. Die Eingangshalle wirkte wie ausgestorben. Hier liefen keine Mitarbeiter herum. Die Empfangsdame gab meine Ankunft durch.

Kaum hatte ich mich hingesetzt, stand ich wieder auf und fragte, ob ich meinen Parka abgeben könnte, und auf die Toilette würde ich auch gerne gehen wollen. Die Empfangsdame reagierte freundlich und zeigte zu einer, in eine weiße Wand eingelassenen Tür, die mir bisher nicht aufgefallen war. Ich beeilte mich, nutzte aber die Gelegenheit, um mein Aussehen zu überprüfen. Meine Hose war so gut wie trocken. Mein blauer Sakko sah unversehrt aus. Nachdem ich mir Hände und Gesicht gewaschen hatte, fühlte ich mich bereit und kehrte in die Empfangshalle zurück. Erneut nahm ich Platz. Ich musste nicht lange warten, nach wenigen Minuten kam eine superschlanke Blondine in einem lilafarbenen Kostüm auf Stöckelschuhen angetippelt. Sie begrüßte mich einstudiert freundlich:

»Herzlich willkommen Herr Hess. Ich bin Heidi Hummel, wir hatten telefoniert. Die Assistentin von Herrn Richter. Bitte folgen Sie mir. Ich bringe Sie zu ihm.«

Im Aufzug herrschte betretenes Schweigen. Dafür nahm ich den blumigen Duft von Frau Hummels Parfüm wahr. Nur gut, dass es eine kurze Fahrt war, denn mir wurde schwummrig. Das Gebäude hatte nur fünf Stockwerke.

Wir gingen einen Gang entlang, der zu beiden Seiten verglast war, dahinter befanden sich Büros, in denen fast ausnahmslos junge Mitarbeiter beschäftigt waren. Sie saßen zumeist an Vierertischen zusammen. Jeder hatte einen großformatigen Flatscreen vor sich und wirkte konzentriert.

»Das sind unsere Programmierer. Wir entwickeln auch Steuerungssoftware für Elektromotoren«, erklärte mir Frau Hummel.

Ich war zu sehr mit mir selbst beschäftigt und mit dem, was vor mir lag, als dass ich etwas dazu bemerken konnte. So nickte ich nur.

Kurz vor einer automatischen Glastür kam uns ein älterer Herr in einem weißen Kittel entgegen. Die Assistentin stoppte. Sie musste uns nicht vorstellen, denn der sympathisch wirkende Mann begrüßte mich gleich freundlich.

»Ich bin Dr. Staller. Sie müssen Roman Hess sein. Wir sehen uns später. Ich darf Ihnen unsere Labore zeigen.«

*Die hielten ihre Versprechungen ein,* dachte ich und entgegnete:

»Guten Tag Herr Dr. Staller. Ich bin schon sehr gespannt. Bis gleich.«

Ein kaum merkliches Nicken seinerseits beendete unser kurzes Gespräch.

Hinter der Glasschiebetür erwartete mich eine andere Welt. Auch hier dominierte Glas, doch es war von unten für den Betrachter unsichtbar farbig beleuchtet. Zuerst bemerkte ich es nicht, doch beim Vorbeigehen änderten die Glasflächen ihre Farbe. Leuchteten sie im Normalzustand bläulich, änderten sie ihren Farbton im Stil eines Regenbogens, wenn sich ihnen Personen näherten. Entfernte man sich wieder, dann lief das Lichtspiel rückwärts ab. Der Effekt war faszinierend und nie gleich.

Frau Hummel zeigte sich davon nicht beeindruckt. Sie beschleunigte ihren Schritt und wir erreichten einen kreisrunden Raum, in dem ringsherum hüfthohe Säulen standen. Sie trugen jeweils ein Exponat. Ich erkannte Elektromotoren, unterschiedliche, großformatige, industrielle Batterien, die für die Verwendung in E-Autos vorgesehen waren. Ab und zu war auch eine Tafel aus Plexiglas zu sehen, die Texte und Fotos enthielt.

»Herr Dr. Staller wird Ihnen unsere Entwicklungen erklären«, kommentierte Frau Hummel den Ausstellungsbereich.

»So, nun sind wir da.«

Sie hielt ihren Daumen an ein Sensorfeld neben einer Doppeltür aus milchigem Plexiglas.

»Herr Richter erwartet Sie. Bitte treten Sie ein.«

Ich folgte ihrer Aufforderung und sah mich um. Den *CEO* konnte ich nicht ausmachen. Der Raum hatte einen lackweißen Boden. Rechts von mir hingen vier runde, verschiedenfarbige Kunststoffkugeln von der Decke. In einigen Metern vor mir schwebte ein geschwungener Tisch aus Plexiglas, der einem flach gelegten U ähnelte. Der Raum war doppelt so hoch wie ein normaler Büroraum. Er wirkte durch die an der Decke gespannten, unterschiedlich großen, dreieckigen, weißen Segel luftig und hatte nichts von den mir bekannten muffigen Chefzimmern anderer Chefs. Das Einzige, was etwas enttäuschte, war der Blick nach draußen. Man sah Felder und in weiterer Entfernung einen Wald. Aber der Kontrast zum Interieur hatte auch etwas.

Die Tür hinter mir war schon eine Weile von Frau Hummel geschlossen worden. Da ich keine Sitzgelegenheit sah, blieb ich stehen und wartete auf das Eintreffen von Herrn Richter.

Plötzlich drehte sich eine der Kugeln. In ihr saß mit angezogenen Beinen ein hager wirkender Mann in einem leicht bläulich schimmernden Anzug. Er trug weiße Sneakers von *Puma* an den Füßen.

»Hallo Herr Hess. Herzlich willkommen bei *Future Energy Solutions*. Ich bin Hubert Richter, einer der Gründer des Unternehmens. Und als *CEO* verantwortlich für den geschäftlichen Erfolg. Bitte nehmen Sie doch Platz.«

Es summte und eine weitere Kugel drehte sich und zeigte ihre Öffnung in meine Richtung. Sie war orange.

Bevor ich zu ihr lief, begrüßte ich Herrn Richter:

»Ich freue mich, hier zu sein. Vielen Dank für die Einladung, Herr Richter.«

»Ganz meinerseits«, sagte er lächelnd und schüttelte meine Hand.

Ich versuchte mich in Konversation.

»Ein beeindruckendes Unternehmen. *Future Energy Solutions*. Ich habe die Gelegenheit genutzt, mich über Ihre Website zu informieren. Sie beschäftigen hier in Erlangen fast zweihundert Mitarbeiter und haben noch zwei weitere Standorte in Deutschland. Einen in den USA und einen in

China. Gute Voraussetzungen für den geplanten Börsengang.«

Wieder lächelte er. Dabei strahlten seine unnatürlich weißen Zähne in seinem sonnengebräunten Gesicht. Mir fielen seine grazilen, schlanken Hände auf, die ständig in Bewegung waren. Eine Hand griff in eine unsichtbare Seitentasche im Inneren der mit Stoff gepolsterten Kugel. Er holte ein *iPad* hervor und berührte den Touchscreen. Vor ihm fuhr eine weiße Röhre hoch, aus der er Wasser in einer blau schimmernden Karaffe in ein ebenso blau schimmerndes Glas schenkte.

»Etwas zu trinken?«

»Gerne.«

Ich wollte aufstehen, doch er kam mir zuvor und reichte mir das Glas. Dann begann er zu sprechen und wirkte dabei völlig entspannt.

»Als ich so jung wie Sie war, da träumte ich von Flugautos und Magnetschwebebahnen, die die Schallmauer durchbrechen. Beides ist nicht wirklich Realität geworden. Die Technik ist vorhanden, aber an der Umsetzung und der Finanzierung hapert es. Die Wissenschaft mit ihren Erfindungen ist der Umsetzbarkeit weit voraus. Warum sonst gäbe es noch immer Toaster, die nach einem Jahr ihren Geist aufgeben? Weil die Firmen mit den altbewährten Konzepten schnelles Geld verdienen. Und eine Umstellung auf neue Technologien und Materialien sich erst nach vielen Jahren rechnet. Da machen sie lieber weiter wie bisher. Immerhin gibt es einige Ausnahmen. Junge, innovative und flexible Unternehmen entwickeln neue Konzepte für die Märkte. So wie wir. Man stattet uns mit sogenanntem Wagniskapital aus. Spielgeld sozusagen. Oft von Milliardären investiert, die sich im Hintergrund halten. Glauben Sie mir, der Erfolgsdruck ist omnipräsent. Man spürt ihn jeden Tag. Trotz allem habe ich es nicht aufgegeben, zu träumen. Meine Visionen sind realistischer geworden. Sie beziehen sich auf kleine Entwicklungsschritte, die oft große Anstrengungen erfordern. Und hohe Investitionen. Wie sehen Sie das, Herr Hess?«

Hubert Richter hatte eloquent und bedeutungsvoll gesprochen, ich hätte ihm noch länger zuhören können. Er hatte eine Begabung, Faszination auszudrücken. Wirkte dabei weder arrogant noch überheblich. Ein smarter Typ, das war er.

»Ich habe viele Träume. Sie beziehen sich neben den technischen Innovationen auch auf die sozialen Aspekte. Eine neue Erfindung sollte möglichst vielen Menschen zugutekommen. Sie in ihrem Alltag unterstützen. So etwas in die Tat umzusetzen, das schwebt mir vor.«

Richter applaudierte leise.

»Da merkt man die andere Generation. Nicht um der Erfindung willen zu forschen, sondern den Nutzen in den Mittelpunkt zu stellen. Der humanistische Auftrag des Wissenschaftlers. Chapeau, Herr Hess. Was meinen Sie, hat der Energiespeicher Ihres Großvaters das Potential dazu?«

Innerlich frohlockte ich. Es war mir dank seiner Einleitung gelungen, nicht gleich mit der Tür ins Haus fallen zu müssen. Der Überfall, der Diebstahl und meine aktuelle Situation konnten warten.

»Wenn man die anstehenden technischen und finanziellen Hürden überwindet und eine Produktion mit vergleichbarem Kostenlevel von Lithium-Ionen-Akkus realisieren kann, dann werden die *iON*-Akkus das Leben der Menschen verändern und bereichern. Alleine die Vorstellung, in einem kleinen

Ding die Energie für eine von der Steckdose autarke Versorgung mit sich zu tragen, könnte weitere ungeahnte Innovationen nach sich ziehen.«

Der *CEO* drehte seine Kugel einmal im Kreis. Dabei rief er:

»Der junge Mann hat was drauf! Sie machen mir Spaß, Herr Hess!«

Wieder mit der Öffnung in meine Richtung blickend, begeisterte er sich weiter.

»Sie haben es verstanden. Mobile Energie ist genauso weltverändernd wie Mobilität selbst. Je leistungsfähiger, leichter und kompakter Akkus werden, umso günstiger werden die Speicherung und somit auch die Nutzung. Elektrisch betriebene Hubschrauber, individuelle Flugobjekte und überall kleine Helfer, die uns den Alltag erleichtern. Bis hin zu der Realisierung künstlicher Intelligenz in Robotern. Ihre *iON*-Akkus könnten all das und noch viel mehr beflügeln. Ein prägnanter Name, wie ich finde.«

Nun lächelte ich.

Er lehnte sich aus seiner Kugel heraus und sah mich direkt und auffordernd an.

»Dann lassen Sie uns konkret werden. Zeigen Sie mir das Konzept, die Pläne – das, was es gibt.«

Jetzt wurde es bitter. Ich musste unsere Höhenflüge beenden. Die Landung würde hart und schmerzlich sein, das war klar.

»Herr Richter, ich muss Sie enttäuschen. Ich habe nichts dabei. Ich wurde überfallen. Hier in Erlangen, kurz bevor ich zu Ihnen kam.«

Es war raus. Stand in Raum wie ein dreckiger und schmieriger Müllsack, der erbärmlich stank. Sofort fühlte ich mich mies und schuldig.

Herr Richter war blass geworden. Oder eher grau. Seine Mundwinkel zeigten in eine eindeutige Richtung. Nach unten. Er öffnete den Mund. Schloss ihn erneut. Er sah mich ungläubig an. Dann zischte er:

»Das meinen Sie nicht im Ernst? Ist das ein Bluff? Wollen Sie gleich am Anfang pokern? Raus mit der Sprache!«

In diesem unangenehmen Moment war ich froh, dass er relativ gelassen reagierte. Immerhin hatte er mich nicht gleich herausgeworfen. Das beruhigte mich. In sachlichem Ton setzte ich zu einer Erklärung an:

»Es war ein Russe, der mich anscheinend verfolgt hatte. Ich war in Erlangen im botanischen Garten, da ich noch etwas Zeit bis zu unserem Termin hatte. Er lauerte mir auf und zerrte mich zu Boden. Stellte seinen Fuß auf mich und forderte von mir den Stick. Er begründete dies damit, dass mein Opa Geld für die Entwicklung des Akkus aus Russland erhalten hatte. Er sei beauftragt, die Pläne zu überbringen.«

Ich verschnaufte einen Moment, redete dann aber gleich weiter. Richter blickte weiterhin skeptisch drein.

»Ich sah mich gezwungen, ihm den Stick auszuhändigen. Hatte ich doch die Original-Dateien sicher zuhause auf meinem Computer und entscheidende Details auf dem Stick unkenntlich gemacht. Nach der Übergabe verschwand er wieder. Und ich machte mich zu Ihnen auf. Sie sollten noch etwas wissen: Das Labor meines Opas, das sich hinter seiner Werkstatt befindet, wurde vorgestern durchsucht. Was alles entwendet wurde, kann ich nicht sagen, da ich selbst erst kurz zuvor seine Wirkungsstätte entdeckt hatte. Es gibt anscheinend Leute, die großes Interesse an seiner Erfindung haben. Ähnlich wie Sie.«

Richter legte seine Stirn in Falten, rieb sich die Nase und klatschte anschließend in die Hände.

»Dann müssen wir eben schneller sein. Wäre es vorstellbar, dass Sie mir eine Kopie der Aufzeichnung per Mail zukommen lassen? Nur so können wir feststellen, ob wir in die weitere Entwicklung und Realisierung einsteigen.«

Wir waren an einem entscheidenden Punkt angekommen. Ich fühlte mich unter Druck gesetzt. Hatte das Gefühl, das Steuer abzugeben und nur noch Beifahrer zu sein. Ich fragte mich, wie ich das verhindern könnte.

»Herr Richter, bitte verstehen Sie mich nicht falsch. Eine solche Chance bekommen die wenigsten Menschen. Ich bin noch jung und will keinen Anfängerfehler begehen, deshalb würde ich gerne wissen, was Sie mir als Gegenleistung dafür anbieten?«

Zum ersten Mal während unseres Gesprächs begann der *CEO* in seinem großzügigen Büro herumzulaufen. Dabei wirkte er wie ein Triathlet, der sich aufwärmte.

»Cleveres Bürschchen sind Sie. Lassen Sie mich einmal überlegen. Auch ich will keine Fehler begehen, die ich später bereue. Denn meine Mitarbeiter und unsere Investoren vertrauen mir. Das Beste wäre, wenn wir Sie am möglichen Erfolg beteiligen. Wobei dabei komplexe Vertragsverhandlungen notwendig sind. Am einfachsten wäre es, wenn Sie bei unserem Börsengang profitieren. Im Vorfeld erhielten Sie Aktienoptionen, die erst einmal nur einen theoretischen Wert haben. Kommt es zum *Public Going,* dann verwandeln sich diese Optionen in Aktien und somit in Anteile an *Future Energie Solutions.* Wir sprechen da von einer mindestens sechsstelligen Summe. Parallel können wir selbstverständlich einen Vertrag formulieren, der Ihnen einen prozentualen Anteil an den Verkäufen von *iON* zusichert. Was halten Sie von meinen Vorschlägen?«

Ich war mehr als beeindruckt. Zum einen von Richters Angebot, zum anderen von ihm selbst. Er nahm mich ernst. Gab mir das Gefühl, ein gleichwertiger Geschäftspartner zu sein. Ganz tief in mir drin gab es dennoch Zweifel. *War er vielleicht nur ein grandioser Schauspieler?* Aber was hatte ich zu verlieren? Nur die Chance, einmal sehr reich zu werden. Entschlossen stand auch ich auf und ging auf den gleichgroßen *CEO* zu.

»Herr Richter, Sie haben mich überzeugt. Ich schlage ein, wenn Sie mir Ihren Informanten nennen, der Ihnen meine Kontaktdaten übermittelt hat.«

Er sah mich durchdringend an. Dabei erkannte ich, dass er zwei verschiedenfarbige Pupillen hatte. Die eine war hellblau. Die Zweite gräulich. Es war irritierend.

»Eigentlich hatte ich ihm versprochen, seine Identität nicht preiszugeben. Aber nachdem wir uns so gut verstehen … verrate ich seinen Namen. Es ist Dr. Tristan. Er war mein Chemielehrer vor vielen Jahren. Damals noch ohne Doktortitel.«

Ich atmete auf. Lächelte breit.

»Da bin ich froh. Bei ihm war ich vor wenigen Tagen. Hat er damals auch schon einen Sprachfehler gehabt?«

»Tschicher. Dasch hatte er«, ahmte Richter den Chemielehrer nach.

Nun mussten wir beide erleichtert lachen.

»Ich bin dabei. Sobald ich von Ihnen das schriftliche Angebot über die Aktienoptionen habe, schicke ich Ihnen die kompletten Dateien von Hans Hinkel. So hieß mein Opa.«

Wir schüttelten uns die Hände. Er klopfte mir auf die Schulter.

»Es macht mir Freude, mit Ihnen zu verhandeln. Wollen wir darauf anstoßen? Frau Hummel bringt uns ein Glas Sekt und dann lassen Sie sich die Forschung und Entwicklung von *FES* zeigen.«

»Gerne, Herr Richter.«

Frau Hummel schien vorbereitet. Denn die zwei Gläser kamen schon wenige Minuten später. Während wir tranken, erfuhr ich noch, dass Dr. Tristan den *CEO* an einem Frankfurter Gymnasium in Chemie unterrichtet hatte und der damals junge Lehrer bei ihm seine Referendariatsprüfung abgelegt hatte.

Beim Herausgehen fragte er, ob ich abends in Erlangen bleiben würde, wenn ja, dann sollte ich auf jeden Fall in der Altstadt einkehren. Es gebe dort urige Kneipen. Ich versicherte ihm, seinen Rat zu befolgen. Wir verabschiedeten uns freundschaftlich.

Ich schwebte auf Wolke sieben. Die nachfolgende Führung absolvierte ich wie in Trance. Die Fragen, die ich an Dr. Staller stellte, wurden durchweg geduldig von ihm beantwortet. Nach einer weiteren Stunde verließ ich das Gebäude von *Future Energy Solutions* mit dem Gefühl, eine goldene Zukunft vor mir zu haben.

# Irritationen

Erlangen war für mich am Abend voll unterhaltsam gewesen. Ich hatte eine ausschließlich von Studenten besuchte Kneipe gefunden, die *Pleitegeier* hieß. Es war Party angesagt. Die Gäste tranken literweise von dem süffigen fränkischen Bier. Ich hatte nach dem Zweiten genug und war um kurz nach Mitternacht zu Fuß in mein Hotel zurückgegangen, das am anderen Ende der Fußgängerzone lag.

Im Hotel spielte leise Jazzmusik. Ein paar verstreute Gäste hingen an der Bar herum. Beschwingt schlenderte ich am Empfangstresen vorbei.

»Herr Hess! Sie sind doch Herr Hess?«, rief die Concierge mir nach.

Ich hatte nicht damit gerechnet, angesprochen zu werden. Besonders von einem hübschen, brünetten Mädchen in meinem Alter, das mich anstrahlte.

»Ich habe eine Nachricht für Sie. Sie wurde abgegeben.«

Nichts ahnend nahm ich den verschlossenen Briefumschlag entgegen.

»Danke«, antwortete ich schon in Gedanken.

»Ich wünsche Ihnen eine gute Nacht«, gab sie mir mit auf den Weg.

Noch im Aufzug riss ich den Umschlag auf. Es handelte sich um ein formloses Anschreiben, ähnlich einer ausgedruckten E-Mail. Sie war zu lang, um sie während der Aufzugfahrt zu lesen. Deshalb faltete ich sie wieder zusammen, öffnete mein Hotelzimmer, ließ mich aufs Bett fallen und begann zu lesen:

Guten Abend Herr Hess,

wir kontaktieren Sie in einer wichtigen Angelegenheit: die Entwicklung einer neuen Akku-Generation, vorangetrieben durch ihren verstorbenen Großvater Hans Hinkel. Unser Unternehmen stand seit vielen Jahren in engem Kontakt mit ihm. Er arbeitete in unserem Auftrag. Wir finanzierten seine Forschungen.

Erst letztes Jahr haben wir ihn in seinem Labor in der Nähe von Frankfurt besucht, um uns von den Fortschritten, die er machte, zu überzeugen. Sie waren vielversprechend. Er war dabei, einen Akku zu entwickeln, der die heute Üblichen leistungsmäßig in den Schatten stellt.

Umso mehr sind wir über die aktuellen Entwicklungen irritiert. Hat er Sie nicht in seine Vereinbarungen mit uns eingeweiht? Ihr Termin bei *Future Energy Solutions* lässt dies vermuten.

Herr Hess, wir können Sie nur davor warnen, die Pläne in fremde Hände zu geben. Noch ist, so hoffen wir, kein gravierender Fehler Ihrerseits passiert. Wenn dem so wäre, müssten wir Schritte unternehmen, die für Sie unangenehm werden könnten.

Schicken Sie uns umgehend eine aufklärende Textnachricht an +49 150 27548999. Danach hören Sie von uns.

Ich legte das Blatt Papier auf meine Brust, faltete die Hände darüber und schloss die Augen. Vor meinem inneren Auge drehte sich alles. Die zwei Bier, die ich getrunken hatte, waren nicht der Auslöser. Es war die Situation, die mir aus den Händen zu gleiten drohte. *In was war ich da geraten? Was hatte Opa Hans nur getan? War er auf seine alten Tage größenwahnsinnig geworden? Hatte er ein doppeltes Spiel gespielt?*

Mehr und mehr wurde mir klar, dass ich ihn nicht gekannt habe. Auf jeden Fall nicht den Geschäftsmann Hinkel. Dabei hatte er sich mir gegenüber so verständnisvoll und unauffällig verhalten. Eben so, wie ein Opa mit seinem Enkel umging. Ich musste mich von diesem Bild lösen. Er war wohl ein gerissener Kerl gewesen, der sich auch unlauterer Methoden bediente. Und ich hatte heute, naiv wie ich war, eine weitere Komplikation dazu addiert. Es war unglaublich! Aber leider wahr.

Keine Ahnung, ob die Russen Ruhe geben würden. Die Leute, die mir diesen Brief geschrieben hatten, gaben sicher nicht so schnell auf. Und Hubert Richter erwartete von mir auch konkrete Informationen. Wobei ich nichts unterschrieben hatte. Es war nur ein Informationsgespräch gewesen. Das redete ich mir ein.

Diese Nacht machte ich kein Auge zu. Mir gingen die unterschiedlichsten Szenarien durch den Kopf. Egal, wie ich sie deutete, immer kam ich in Bedrängnis. *Gab es einen Ausweg?*

Erst am frühen Morgen, es war kurz nach sieben, beruhigte ich mich etwas. Ich duschte lange und heiß, zog mir frische Klamotten an und gönnte mir einen Besuch am üppigen Frühstücksbuffet, das im Preis mit inbegriffen war.

Mein ICE fuhr um 9:30 Uhr direkt in Erlangen ab. Ich musste nicht erst nach Nürnberg. So konnte ich mir Zeit lassen. Las die Erlanger Nachrichten und spachtelte zwei köstliche Spiegeleier mit Speck. Als ich den letzten Bissen heruntergeschluckt hatte, blieb er mir fast im Hals stecken, denn mich beschlich das Gefühl, etwas verloren zu haben. Jedenfalls war ich mir sicher, dass es fehlte. Ich meinte den *iON*-Prototyp in der Tasche meines Parkas.

Ich ließ schlagartig Messer und Gabel fallen, rannte zum Treppenhaus und hechtete die drei Stockwerke zu meinem Zimmer nach oben. Es dauerte eine Weile, bis die blöde Zimmerkarte die Tür geöffnet hatte. Drinnen fasste ich in die Innentaschen hinein. Sofort spürte ich das runde, längliche Teil in meiner Hand. Meine Panik war unbegründet gewesen. Der *iON*-Prototyp war in meinem Besitz.

Aber verdammt noch mal. Ich musste achtsamer sein und ihn nicht einfach so mit mir herumtragen. Opa hatte ihn in einem Safe in seinem Labor verwahrt. Etwas Ähnliches sollte ich auch finden.

Nach dem Schreck checkte ich aus. Mit meiner kleinen Tasche und den Schallplatten, die ich am Tag zuvor erstanden hatte, bummelte ich erneut durch die Erlangener Altstadt. Dieses Mal ohne besondere Vorkommnisse.

Die Rückfahrt nutzte ich, um etwas Schlaf nachzuholen. Ich erwachte, obwohl es im Abteil kühl war, schweißnass kurz vor dem Frankfurter Hauptbahnhof. Erst jetzt realisierte ich, dass es Samstag war. Wenn ich gleich nach Hause kommen würde, musste ich Hundertprozent meinem Vater Rede und Antwort stehen. *Was sollte ich ihm nur erzählen?*

Er erwartete mich schon. Stand im Flur, als ich die Tür aufschloss und meine kleine Tasche abstellte. Ohne jede Begrüßung blaffte er gleich los:

»Wer gibt dir das Recht dazu, Opas Erbe zu verhökern? Du warst in Erlangen und hast Verhandlungen geführt. Bist du noch ganz bei Trost? So jung und unerfahren, wie du bist, ziehen die dich über den Tisch.«

Ich hob meine Hand, um seinem Redeschwall zu stoppen.

»Vater, du irrst dich. Es war ein erstes Kennenlernen. Ich habe mit dem *CEO* eines seriösen Unternehmens gesprochen. Er ist äußerst angetan von Opas Erfindung und bietet mir eine Beteiligung an *FES – Future Energy Solutions* an. Du kannst die Firma gerne googeln, die sind supererfolgreich. Planen sogar einen Börsengang.«

Mein Vater schluckte und löste sich von mir, nachdem er mich am Arm gepackt hatte.

»Deine Schwester hat mir berichtet, dass Opas Labor durchsucht worden ist. Hast du eine Ahnung, wer dahinter steckt? Und überhaupt, könntest du mich mal einweihen. Immerhin bin ich dein Vater und habe bei der Sache ein Wörtchen mitzureden.«

Vaters Ehre schien verletzt zu sein. So hatte ich ihn bisher nicht erlebt. Er meinte es ernst. Alle möglichen Varianten, wie ich die Ereignisse für ihn in verdaulichen Portionen verpacken könnte, flogen durch meinen Kopf. Doch am Ende kam ich zu der Erkenntnis, dass es keinen Sinn hatte, Teile wegzulassen oder zu beschönigen. So weihte ich ihn ein. Berichtete von dem Überfall des russischen ‚Preisboxers‘ und zeigte ihm das Schreiben, das ich gestern Nacht im Hotel erhalten hatte. So blass hatte ich ihn noch nie gesehen, nachdem ich mit meinem Bericht geendet hatte. Er schien im negativen Sinn überwältigt von den Ereignissen. Seine erste Reaktion war:

»Wir müssen sofort zur Polizei. Du bist in Gefahr. Die müssen dich beschützen.«

Ich versuchte, ihn davon abzubringen. Denn ich hatte keine Lust, mir die einmalige Chance, das Geschäft meines Lebens durchzuziehen, von engstirnigen Polizeibeamten versauen zu lassen.

»Vielleicht gibt es eine Alternative zur Polizei?«, fragte ich, schon mit einer Idee im Hinterkopf.

»Alternative? An was oder wen denkst du denn?«

»Wir könnten einen Privatdetektiv beauftragen, der könnte mehr für uns herausfinden. So gewinnen wir Zeit. Ich werde aber auf jeden Fall das Konzept an *FES* schicken. Die sind seriös, da bin ich mir sicher. Hubert Richter, der *CEO,* ist ein charismatischer Typ und hat echt Ahnung von der Materie.«

Mein Vater schien nachzudenken. Zumindest sagte er erst einmal nichts und setzte sich auf den Stuhl neben das Familientelefon, das im Flur auf einer schmalen Kommode stand. Da er das Schreiben, welches ich gestern im Hotel erhalten hatte, noch immer in den Händen hielt, fiel sein Blick erneut darauf. Er las den Text ein zweites Mal durch. Mit der Frage, die er stellte, hatte ich gerechnet.

»Sag mal, *Ionit,* was ist das denn für ein Stoff? Ist der selten? Ich habe davon noch nie gehört.«

Meine Antwort war vage, um ihn nicht noch mehr aufzuregen:

»Das ist ein Mineral aus einem Meteoriten. Anscheinend ist dieser vor vielen Jahren, als Opa noch sehr jung war, im Garten in der Bergstraße gelandet ...«

Vater schnappte nach Luft. Sein Schwiegervater sorgte nach seinem Tod für eine Überraschung nach der anderen. Ungläubig fragte er:

»Ein Meteorit? Bist du dir sicher?«

»Einen Beweis habe ich bisher keinen. Denn ich habe ihn leider noch nicht gefunden. Das wollte ich dieses Wochenende nachholen. Auf jeden Fall hat er *Ionit* für seine Pläne verwendet. Er kombiniert es mit *Graphen,* einem zweiten seltenen Stoff, der eine Weiterentwicklung von Kohlenstoff ist.«

Er schüttelte seinen Kopf. Wohl, um die vielen neuen Informationen zu sortieren und zu verarbeiten. Dann kündigte er an:

»Ich komme mit. Das will ich mir selbst ansehen und gemeinsam mit dir den Meteoriten suchen. Und noch etwas. Wir sollten die Pläne und Aufzeichnungen in unser Schließfach bei der Bank bringen. Da sind sie sicher.«

So kannte ich meinen Vater nicht. Er wurde initiativ. Nun schien er selbst an Opas Erfindung Interesse zu haben. Ich wollte es genauer wissen, deshalb fragte ich:

»Du willst die Aufzeichnungen nicht mehr an das hessische Forschungsministerium geben?«

»Wie kommst du darauf? Die Sache ist eine Familienangelegenheit. Die geben wir nicht einfach so der Allgemeinheit.«

Ich musste grinsen.

»Wann wollen wir los? Nach dem Mittagessen? Wir sollten keine Zeit verlieren!«

»Du meinst in die Bergstraße?«, wollte er wissen.

»Wohin sonst? Der Meteorit ist, wenn überhaupt, dort zu finden.«

»Gute Idee. Aber sag deiner Mutter nichts davon. Die regt sich nur unnötig auf.«

»Das bleibt unter uns, Dad.«

So hatte ich ihn seit Jahren nicht mehr genannt.

Er klopfte mir auf die Schulter und meinte euphorisch:

»Wenn das mal kein Abenteuer ist, mein Junge!«

»Das haben wir Opa zu verdanken.«

»Das war schon einer. Ich habe ihn komplett unterschätzt.«

»Nicht nur du.«

Jetzt waren wir also zu zweit. So genau wusste ich nicht, was ich davon halten sollte. Sicher hatte Vater Lebenserfahrung. Er war auch sportlich. Trainierte jede Woche im Leichtathletikverein. Als Lehrer konnte er ganz gut mit jungen Leuten umgehen. Nur war er mittlerweile Anfang fünfzig. Nicht gerade der Komplize, den ich mir ausgesucht hätte. Ich sträubte mich nicht gegen seine neu entdeckte Abenteuerlust. Sie motivierte mich sogar zusätzlich.

Ich konnte mich nicht erinnern, mit ihm jemals gemeinsam in Opas Werkstatt gewesen zu sein. Als er sie betrat, staunte er nicht schlecht über die Fülle an Materialien und Werkzeugen, die sich im Laufe der Jahre angesammelt hatten.

»Habe ich es dir nicht immer gesagt, Opa hat wahre Schätze gesammelt und aufgehoben. Hier lässt es sich aushalten. Du kannst jedes beliebige Projekt verwirklichen. Er hat alle Maschinen dafür.«

Neugierig schaute er sich um. Entdeckte bald den offenstehenden Metallschrank mit dem geschmolzenen Loch im Inneren.

»Jetzt sag nur, das hast du verbrochen?«, fragte er, als er mit der Hand über die Kante des unebenen Metalls fuhr.

»Ne, das ging automatisch. Es schmolz, ohne mein Zutun. Gehe durch, dann bist du im Labor. Dahinter ist eine Lichtschranke eingebaut, die schaltet die Beleuchtung ein.«

Mein Vater betrat das Labor wie ein Gottesfürchtiger eine Kirche. Dabei sah er sich erstaunt und ehrfürchtig um.

»Man kommt sich vor wie in einem Science-Fiction-Film. Wie ist Opa Hans denn an diese Einrichtung gekommen? Und all die Apparaturen und Messgeräte! Hast du eine Ahnung, wofür die sind?«, fragte er erstaunt.

Mein Vater rieb sich verwundert sein Kinn, dann blieb er an einer Schalttafel mit unterschiedlich farbigen Knöpfen stehen, der ich bisher noch keine Beachtung geschenkt hatte.

»Das scheint eine Kommandozentrale zu sein. Sieh nur, was mögen die Farben wohl bedeuten? Sieht so aus wie die Schaltschränke hinter Glas in einem ICE. Nur dass man sie bedienen kann.«

Schon war er mit einem seiner Finger an einem Knopf. Ich rief:

»Dad. Nicht drücken!«

Es war zu spät. Er hatte ausgerechnet den roten Knopf gedrückt. Eine Sirene ging los. Der eben noch offene Eingang des Labors verschloss sich in Sekundenbruchteilen. Das helle Deckenlicht ging aus. Es brannte nur eine Notlampe an der Wand. Ventilatoren, die mir vorher nicht aufgefallen waren, heulten auf. Sie begannen, die Luft im Raum auszutauschen. Eine monotone Stimme ertönte aus einem Lautsprecher:

»Ziehen Sie Ihre Schutzanzüge an. Der Raum ist kontaminiert.«

Das durfte doch alles nicht wahr sein. Warum hatte ich ihn nur mitgenommen? Er bereitete schon nach wenigen Minuten Probleme und verursachte ein Chaos.

»Was habe ich angerichtet? Wir sind doch nicht etwa in Gefahr?«, fragte er aufgekratzt.

»Ich denke nicht. Wahrscheinlich ist das ein Notfallprogramm, das du ausgelöst hast. Rote Knöpfe sollte man nicht einfach so drücken. Du kennst das doch vom Auto. Warnblinkanlage?«

»Soll ich ihn erneut drücken? Vielleicht geht der Spuk dann vorbei?«

Ich nickte. Er drückte. Die Sirene verstummte und die Sicherheitstür öffnete sich wieder.

»*Puuh.* Nun wissen wir, dass es im Labor spezielle Sicherheitsvorkehrungen gibt. Lass uns bitte nicht die anderen Knöpfe ausprobieren«, bat ich meinen Dad.

»Schon gut, ich beherrsche mich. Trotzdem würde ich gerne wissen, wozu das hier ist?«

Er stand vor einer quadratischen Öffnung, die wie eine Box in die Wand eingelassen war und deutete darauf. Mittig sah man eine Halterung, die oben und unten jeweils in einem Metallstift endete.

»Es sieht so aus wie ein Batteriefach.«

Das wurde mir klar, nachdem ich den Abstand der beiden Stifte genauer untersucht hatte.

»Was meinst du, soll ich den Prototyp des *iON*-Akkus dort einstecken? Vielleicht erfahren wir so mehr über Opas Erfindung?«

»Hast du ihn denn dabei?«

Ich zog ihn aus meiner Tasche und hielt ihn hoch.

»Was soll schon passieren, es ist nur ein etwas leistungsfähigerer Akku«, sagte ich gelassen.

Er passte genau hinein. Kaum waren die beiden Pole verbunden, leuchtete die quadratische Box im Inneren orange auf. Um die Öffnung herum entstand ein kreisrunder, im selben Farbton pulsierender Ring, etwa zwei Meter im Durchmesser. Mein Vater zog mich zurück. Dann sah er mich ängstlich an.

»Welche Höllenmaschine haben wir nun gestartet?«

»Warte mal ab. Da passiert bestimmt noch mehr«, ermutigte ich ihn.

Genauso war es. Die Wandfläche, innerhalb des orange pulsierende Rings, bewegte sich von uns weg und gab die Sicht in eine Röhre frei, die mit Nebel gefüllt war. Das Öffnen war durch ein lautes Zischen begleitet worden.

Wir sahen erstaunt zu. Dabei kamen wir uns vor wie in einem *Star Wars*-Film, kurz bevor *R2D2,* gefolgt von *C3-PO,* angerollt kamen. Wir warteten, bis sich der Nebel etwas gelichtet hatte. Am Ende der weißen Suppe erschien schemenhaft ein sonderbares Gefährt. Es schwebte in einem runden Raum, der indirekt beleuchtet war. Wir trauten uns in die Röhre, die wir nach vier Schritten hinter uns ließen. Nun standen wir vor einem Gerät, das wie eine Mischung aus Motorrad und Kabinenroller wirkte. Nur dass es keine Räder hatte. Das Teil schwebte und unter ihm trat orange leuchtender Nebel aus.

Wir waren beide geflasht. So ungefähr müssen sich die Leute gefühlt haben, als sie mit dem ersten Auto konfrontiert wurden.

»Was ist das? Wenn es nicht so spacig aussehen würde, dann könnte es als modernes Motorrad durchgehen. Wie soll es aber fahren, ohne Räder?«, fragte mein Vater.

Mein Herz schlug mir bis zum Hals. *Sollte das etwa die erste Anwendung für die iON-Akkus sein? Ein Fluggerät?*

»Das könnte doch ein *iFly* sein? Stell dir mal vor, Opas Akkus versorgen es mit Energie und man schwebt damit über die Straßen?«, fantasierte ich.

Mein Vater näherte sich dem elegant geformten Prototyp. Er wirkte wie aus einem Guss. Ich schätzte ihn auf 1,60 Meter Höhe und drei Meter Länge. Rund um die Sitzbank wölbte sich eine Plexiglaskuppel. Die Seiten waren mit glänzendem, weißen Kunststoff verkleidet. Insgesamt ähnelte es einem glatt geschliffenen, länglichen Stein. Seine Form und Proportionen wirkten harmonisch. Auch mein Vater begeisterte sich dafür:

»Ich erkenne einen quergelegten Tropfen. Ergonomisch perfekt geformt. Der hat einen sensationell niedrigen CW-Wert.«

Ich pflichtete meinem Vater bei.

»Du meinst also auch, dass es sich um eine neue Art Fahr- oder Flugzeug handelt?«

»Eindeutig! Und sowas soll Opa erfunden und gebaut haben? Wie konnten wir diesen Mann nur so unterschätzen? Warum hat er es unter Verschluss gehalten und wir entdecken es erst nach seinem Tod?«

Diese Fragen hatte ich mir, nachdem ich das Labor entdeckt hatte, auch gestellt.

»Vielleicht war die Zeit noch nicht reif? Oder er war dann doch zu alt für den ganzen Medienrummel, der entstehen würde. Stell dir mal vor, das *iFly* funktioniert wirklich. Und wir schweben in Frankfurt damit herum? Die Bilder gehen innerhalb von Minuten um die ganze Welt!«

Mein Vater strich mit der Hand über die durchsichtige Plexiglaskuppel. Seine Augen leuchteten dabei wie die eines kleinen Jungen. In sich versunken, sprach er das aus, was auch ich dachte:

»Ich würde es gerne einmal ausprobieren. Meinst du, wir …«

»Wer sollte es uns verbieten? Es ist sozusagen ein Familienerbstück.«

»Ich finde, du hast es dir verdient, als Erster darauf zu sitzen, Roman. Du warst derjenige, der immer an Opa geglaubt hat und das alles hier entdeckt hat.«

Überrascht von der Gönnerhaftigkeit meines Vaters, näherte ich mich *iFly*.

»Ich habe keine Ahnung, wie es gestartet wird. Siehst du einen Knopf oder Sensor?«

»Eine Sprachsteuerung wäre möglich. Probiere es einfach mal.«

Das ließ ich mir nicht zweimal sagen. Ich gab das Kommando:

»*Power on!*«

Nichts geschah.

»Wir sollten mal genau nachsehen, vielleicht gibt es an der Außenhaut doch irgendeine Bedieneinheit«, schlug Dad vor.

»Lass mich mal machen. Bestimmt reagiert es nur auf eine Person.«

Ohne die Oberfläche tatsächlich zu berühren, ließ ich meine Hand über den Kunststoff schweben. Ich bemühte mich um einen möglichst gleichmäßigen Bewegungsablauf von vorne nach hinten. Dabei begann ich seitlich rechts. Meine Hand wanderte immer eine Handbreit höher. Als ich mittig am Rand der Kuppel angekommen war, spürte ich ein Kribbeln in meinen Fingern. Sofort stoppte ich die fließende Bewegung. Das Kribbeln wurde je nach Position stärker oder schwächer. An der Stelle, wo ich es am intensivsten empfand, legte ich die Handfläche auf das Plexiglas.

Eine Stimme sagte:

»Scannen an.«

Ich nickte meinem Vater freudig erregt zu.

»Person 1 bitte identifizieren.«

*Sollte ich meinen Namen nennen? Oder gab es einen Trick?* Ich probierte die naheliegende Variante.

»Roman Hess«, artikulierte ich möglichst neutral.

»Roman Hess gespeichert«, kam die Antwort.

Noch immer lag meine Hand auf der Oberfläche der Kuppel. Das Kribbeln hatte aufgehört, dafür hatte ich ein neues Empfinden. Ein kaum merklicher Lufthauch war zu spüren. Einen Augenblick später verschwand die Plexiglaskuppel, ohne dass ich hätte sagen können, wohin. Sie war einfach nicht mehr vorhanden. Stattdessen erkannte ich eine längliche Plexiglasscheibe, die automatisch vor mir in meinem Blickfeld hochgefahren war. Sie leuchtete, an den Rändern orange, passend zum Unterboden. Ich vermutete einen Screen, auf dem man Befehle eingeben oder auswählen konnte. Er war so ausgerichtet, dass der Fahrer ihn von der Sitzbank aus im Blick hatte.

»Gut gemacht. Bisher hat alles funktioniert. Setz dich am besten darauf«, schlug Dad vor.

»Hast du dein Smartphone dabei? Wir sollten diesen Moment festhalten. Nimm ein Video auf.«

Dad entfernte sich ein paar Schritte und hielt sein *Samsung Galaxy* hoch.

»Ich bin soweit. Du kannst ...«

Von meiner *Yamaha SR500* war ich eine hohe Sitzposition gewöhnt. Diese hier war um einiges höher. Da es keinen

Lenker im klassischen Sinne gab, hielt ich mich an der Außenhaut fest, ungefähr dort, wo bei einem Motorrad der Tank sitzt. Als meine Hände die Stelle berührten und zupackten, entstand, ähnlich wie wenn man in Knete greift, eine Mulde. So fand ich Halt und konnte mein Bein über die Sitzbank schwingen. Nun saß ich, ähnlich wie auf einem Pferd. Meine Füße konnten den Boden nicht mehr berühren. Schwankend hielt ich mich verkrampft an den Griffmulden fest. Intuitiv suchten meine Füße nach einem festen Stand. Ich drückte die Knie zusammen und legte die Schenkel an die Außenhaut. Ähnlich wie schon zuvor bei meinen Händen passte sie sich meiner Körperform an. Es war wie Zauberei. Das Teil verformte sich, je nach Sitzposition.

Jetzt fühlte ich mich sicher. Meine Hände konnte ich seitlich loslassen. Sofort beulten sich die Griffmulden zur ursprünglichen Form zurück. Voller Begeisterung sprach in die Kamera:

»Hast du das gesehen? Eine sich automatisch an den Fahrer anpassende Karosserie. Das grenzt an Zauberei!«

Jetzt musste ich herausfinden, wie man das *iFly* bediente. Vater rief mir zu:

»Nutze deine Intuition.«

Ich beugte mich vor, um eine motorradähnliche Haltung einzunehmen. Kaum näherte sich mein Oberkörper der Front, änderte sich die glatte Form vor mir. Zwei Joysticks wuchsen aus der Oberfläche und der Screen vor mir wurde lebendig.

»Es funktioniert!«, rief ich begeistert.

»Was siehst du? Irgendwelche Funktionen?«

So ganz kapierte ich nicht, was vor mir erschien. Erwartet hatte ich eine Art Navi. Oder eine klassische Startfunktion. Stattdessen leuchtete vor mir:

**Year:**

**Month:**

**Day:**

**Hour:**

**Home:**

**Reset:**

»Hier gibt es nur eine Einstellung für ein Datum. Einen *Home- und einen Reset-Button*«, rief ich.

»Vielleicht muss es erst konfiguriert werden, damit der Computer weiß, welches Datum wir haben?«, versuchte mein Vater mir zu erklären.

»Das ist doch voll altmodisch. Im Vergleich zu den Fähigkeiten, die *iFly* bisher aufgeboten hat, findest du nicht?«

»Hmm ... gib trotzdem mal unser heutiges Datum ein.«

Ich folgte seinem Rat.

**Year: 2015**

**Month: 11**

**Day: 21**

**Hour: 16:17**

**Enter: ok**

**Home:**

Nachdem ich *Enter* und *okay* bestätigt hatte, leuchtete der Screen komplett orange auf.

»Mist. Ich habe mich in der Uhrzeit geirrt! Es ist 15:17!«

Ohne eine Vorankündigung vibrierte das *iFly* unter mir sanft. Ich erwartete, dass es sich nach oben oder nach vorne bewegt. Nichts davon geschah. Stattdessen nebelte es den

Raum ein. Ich konnte nichts mehr erkennen. Nach ungefähr drei Sekunden stoppte die Vibration. Etwa dreißig Sekunden später lichtete sich der Nebel. Ich erkannte sofort, dass ich an derselben Stelle war, wie zuvor.

Vor Enttäuschung brummte ich:

»Ein Motorrad auf einem Kinderkarusell ist aufregender. Hey Dad, wo bist du?«

Mein Vater hatte eben noch mit seinem Smartphone vor der Nase in einiger Entfernung von mir gestanden. Nun war der Raum leer. Ich brüllte laut:

»Dad, wo hast du dich versteckt? Warum filmst du nicht mehr?«

Das war doch nicht möglich? Er würde nie und nimmer einfach so abhauen, dafür war die Situation zu spannend.

Irritiert stieg ich von Opas Erfindung herunter. Sobald meine beiden Beine auf dem Boden waren und ich mich von *iFly* gelöst hatte, entstand wieder die ursprüngliche Form. Selbst die Glaskuppel war da.

*Hatte es mein Vater mit der Angst zu tun bekommen, als ich iFly aktiviert hatte? Vielleicht hatte er einen Anruf erhalten? Oder es war jemand unerwartet gekommen?* Es half nichts, ich musste ihn suchen.

Während ich in die Werkstatt ging, rief ich nach ihm. Keine Antwort. Dann rannte ich in den Garten. Dort war er auch nicht. Als Letztes überprüfte ich die Straße vor dem Haus. Sein Auto war verschwunden.

Das durfte doch nicht wahr sein! Er war echt weggefahren und hatte mich hier zurückgelassen. *Wie konnte das sein? Innerhalb von nicht einmal einer halben Minute, die ich auf dem Teil gesessen hatte?*

*Eine halbe Minute?*

Es dämmerte mir. Ich hatte die falsche Uhrzeit eingegeben. Anstatt 15:17 Uhr, 16:17 Uhr. Zur Überprüfung der aktuellen Uhrzeit sah ich auf meine Armbanduhr. Sie zeigte 16:21 Uhr. Nicht wie von mir erwartet 15:21 Uhr.

Mir wurde auf einmal ganz anders.

*War iFly kein Flug- oder Schwebegerät, sondern, ich wagte es kaum zu denken, eine Zeitmaschine?*

Die Erklärung, warum mein Vater nicht mehr hier war, lag auf der Hand: Er hatte mich höchstwahrscheinlich fast eine Stunde lang gesucht. Danach war er aufgebrochen, um ... Hoffentlich war er nicht auf die Idee gekommen, zur Polizei zu gehen. Die würden ihn für verrückt erklären.

Vor lauter Aufregung hatte ich nicht daran gedacht, ihn einfach anzurufen. Was ich in der Sekunde nachholte.

Es klingelte. Er war sofort dran.

»Hi Dad, wo bist du denn? Ich suche dich überall.«

»Mein Gott, Roman. Du warst mit einem Mal verschwunden. Das Flugdings auch. Ich hatte solche Panik.«

»Wo bist du jetzt? Kannst du nicht zurückkommen? Ich kann dir alles erklären. Aber besser nicht am Telefon.«

»Okay, ich komme. Bin in zehn Minuten da. Du rührst dich nicht vom Fleck. Und starte auf keinen Fall die Höllenmaschine!«

»Nein, nein. Ich warte.«


Vor wenigen Stunden hatte ich mir Gedanken über einen revolutionären Akku gemacht. Nun war ich mit der Möglichkeit von Zeitreisen konfrontiert. Wenn das real war, was ich erlebt hatte, dann ... ja was dann? Ein Schauer lief mir den Rücken herunter. In diesem Moment war mir klar, dass es ein *heute* für mich nicht mehr gab. Sollte die Zeitmaschine funktionieren, dann war nichts mehr so, wie es einmal war oder sein würde. Als ich mir die Konsequenzen ansatzweise ausmalte, realisierte ich, welcher Gefahr wir ausgesetzt waren. Nicht nur wir, sondern die Welt, wie sie momentan existierte.

Ich hob meine Arme zum Himmel und rief:

»Opa, was hast du da nur erfunden?«

Doch Opa konnte mir nicht mehr antworten. Vielleicht ließ sich das ändern?

# Teil 2

# August 2019

# Neue Realität

»Herr Hess, ihr Pressetermin beginnt in wenigen Minuten. Benötigen Sie noch etwas von mir?«

Heidi Hummel lehnte an meiner Bürotür. Sie trug ein eng geschnittenes, oranges Kleid. Das war der neue *Corporate Look* von *Infinite Solutions,* ehemals *FES – Future Energy Solutions,* den meine Freundin, Chris, entwickelt hatte. Sie war für das Erscheinungsbild unseres Unternehmens zuständig. Ich war der *CTO – Chief Technology Officer.* Mein Partner Hubert Richter hatte seine Position als *CEO – Chief Executive Officer* - behalten. Unser Börsengang vor drei Jahren war ein gigantischer Erfolg gewesen. Mittlerweile gehörten wir zu den wertvollsten Unternehmen weltweit. Unsere Aktien wurden sowohl in New York an der *NASDAQ,* als auch in Shanghai am *SSE Composite* gehandelt. Wir hatten unser *Headquarter* nach Frankfurt in das ehemalige Deutsche Bank-Hochhaus verlegt. Dort beschäftigten wir rund dreitausend Mitarbeiter. Weltweit waren es über dreihunderttausend.

Heute war ein großer Tag für uns, denn wir hatten die Übernahme der großen, traditionellen Automobilkonzerne in Europa abgeschlossen. Sie produzierten nur noch Varianten des Typs *Infinity.* Eine Elektrofahrzeugbaureihe, deren Batterien ein Jahr lang, oder 30.000 km, ohne aufzuladen hielten. Unsere direkte Konkurrenz, *Tesla,* hatte vor drei Monaten das *Model 6* auf den Markt gebracht, das gerade mal fünftausend Kilometer schaffte und teurer war. Elon Musk twitterte Glückwünsche. Gleichzeitig kündigte er ein Update seines Fahrzeugs an.

Ich machte mir wegen ihm keine Sorgen. Wir waren Jahre voraus. Die europäische Automobilindustrie, deren Fabriken wir übernommen hatten, war qualitativ auf einem anderen Niveau. Unsere Ingenieure gaben den Ton in der Branche an und hatten die neue Batterietechnologie innerhalb von zwei Jahren so optimiert, dass ein Aufladen nicht mehr notwendig war. Der *Infinity* musste nach 30.000 km zum ersten Mal in die Werkstatt. Dort wurden alle Verschleißteile ausgetauscht und ein neuer *iON*-Batteriepack eingebaut.

»Geben Sie mir zehn Minuten, Frau Hummel. Gehen Sie schon mal in die Aula. Ich komme nach.«

»Wie Sie meinen. Die Reporter und unsere wichtigsten Aktionäre sind bereits anwesend. Herr Richter auch.«

Ich ging auf sie zu und schob sie freundlich aber mit Nachdruck aus meinem Büro, das im vierunddreißigsten Stock mit Blick über die Frankfurter Skyline lag.

Ich brauchte einen Moment für mich alleine. Denn bei aller Euphorie, die unser Erfolg bei Mitarbeitern, Aktionären und der Wirtschaft erzeugte, verspürte ich Trauer. An so einem Tag fehlte er mir besonders. Mein Vater Hendrik. Ich fühlte mich schuldig. Denn ich hatte ihn dort lassen müssen. Er hatte sich für mich und unsere gemeinsame Sache geopfert. Er konnte bei unserer Zeitreise nicht mit zurück. Nun saß er in der Zukunft fest und half mir von dort aus, den Erfolg im Jahr 2019 zu ermöglichen.

Seit dem trüben Novembertag im Jahr 2015 hatte sich mein und sein Leben komplett geändert. Die Bezeichnung Leben im üblichen, geradlinigen Sinn war ad absurdum geführt worden. Es war eher zu einer Existenz in Zeit und

Raum geworden. Wir experimentierten mit der *Timefly*, so hatten wir Opas Erfindung, nachdem wir ihre eigentliche Funktion verstanden hatten, genannt. Waren es zuerst nur kurze Zeitsprünge von Tagen oder Wochen, wagten wir nach einiger Zeit *Jumps*, die Jahre überbrückten. Dabei unternahmen wir alles, um unser Geheimnis zu bewahren. Doch eines Tages entdeckten wir etwas Tragisches, was uns klarmachte, dass Zeitreisen für uns endlich waren.

Die zehn Minuten waren vorbei, ich musste mich beeilen, um noch einigermaßen pünktlich zur Pressekonferenz und zur anschließenden Aktionärsversammlung zu erscheinen. Ziel der Veranstaltung war es, unser neues Fahrzeugmodell, den *Infinity* und dessen Produktionspläne für das nächste Jahr vorzustellen. Wir hatten vor, unsere Kapazität zu verzehnfachen. Alleine in Europa gab es knapp dreißig Fabriken, die das Elektroauto in all seinen Varianten herstellten.

Die Aula war bis zum letzten Platz gefüllt. Ich sah neben vielen Reportern mit Digitalkameras auch Filmteams von ntv, ARD und ZDF, RTL und allen namhaften europäischen Fernsehanstalten, dazu Vertreter der amerikanischen Sender, wie auch welche aus China. Die Pressekonferenz war auf Englisch, was für mich kein Problem darstellte. Ich hätte sie auch auf Russisch halten können. Mein Sprachtalent half *Infinite Solutions* bei der weltweiten Akzeptanz und Bekanntheit. Interviews mit mir wurden gerne in Nachrichtensendungen gezeigt. Zum einen, weil ich der jüngste *CTO* in einem börsennotierten Unternehmen war, zum anderen, weil ich es verstand, unsere Innovationen allgemeinverständlich zu erklären.

Nachdem ich neben meinem Partner Hubert Richter, der auch für die Finanzen zuständig war, Platz genommen hatte, begrüßte er die Anwesenden. Das aktuelle Modell des *Infinity* drehte sich neben uns im Scheinwerferlicht auf der Bühne. Dabei wurde es permanent in andere virtuelle Welten versetzt, um einen neuen Effekt, der Premiere feierte, darzustellen. Die Karosserie des *Infinity* konnte in einer unendlichen Farbvielfalt leuchten. Der Clou war, dass sich seine Farbe je nach der Umgebung in der er fuhr, anpasste. In einem Wald changierte er in Grüntönen, in der Stadt eher metallicgrau, versetzt mit Glitzerelementen, und bei schönem Wetter und blauem Himmel spiegelte sich das Blau des Himmels, ergänzt durch weiße Farbtupfer der Wolken, in seiner Karosserie. Diesen Effekt liebten die Chinesen ganz besonders. Die eher nüchternen Europäer waren von seiner Effizienz begeistert. Endlich gab es kein Argument mehr gegen einen Kauf eines Elektroautos. Ladesäulen und eine Wartung waren überflüssig. Man musste sich nur hineinsetzen und wurde chauffiert.

Der Innenraum ließ sich an die Bedürfnisse der unterschiedlichen Käufergruppen anpassen. Die Bestuhlung war aus Kohlefasern und superleichtem Gewebe, so dass selbst ein Kind seinen Sitz tragen und ihn in einer der Bodenschienen arretieren konnte. Es gab dem Laderaum angepasste Boxen für den Transport von Einkäufen. Eine spezielle Variante der Box war als Drohne ausgelegt, die das Ladegut zu schwer zugänglichen Plätzen flog. Das Lenkrad, das nur selten benötigt wurde, denn der *Infinity* fuhr die meiste Zeit autonom, konnte sowohl links für Europa oder die USA, als auch rechts für Japan, England oder Australien montiert werden.

Unser Fahrzeug war extrem leicht. Obwohl der komplette Unterboden mit *iON*-Batterien bestückt war, wog es gerade mal 1300 kg. Eine vergleichbar große, konventionelle Limousine brachte locker zwei Tonnen auf die Waage. Gründe für unseren Gewichtsvorteil waren der Leichtbau der Karosserie und das Weglassen von unnötigen Features. Bei der Form orientierten wir uns an einem Modell aus den Siebzigern – dem *NSU RO80*. Er war damals seiner Zeit weit voraus. Windschnittig, elegant und ergonomisch perfekt. Unsere Designer optimierten seine Grundform, zitierten die Retroelemente geschickt, so dass er den breiten Massengeschmack der Kunden weltweit ansprach. Besonderer Clou war unsere Kooperation mit *Apple*. Wir überließen es dem führenden Unternehmen für Kommunikationslösungen, die Bedieneinheit unseres *Infinity* zu entwickeln. Das Ergebnis: Die Steuerung des Autos war mit einer App möglich, die auf den neuesten *iPads* lief. Für all diese Fakten interessierten sich die Reporter nur peripher. Ihre Fragen, die sie an mich richteten, beschäftigten sich fast ausschließlich mit der Energieversorgung, dem am besten gehüteten Geheimnis der Autobranche.

Ein amerikanischer Journalist formulierte es am treffendsten:

»Mr. Hess, can you give us some insights about the new generation of *iON*-batteries? Is it true, that you use a yet unkown mineral?« (Herr Hess, könnten Sie uns einen Einblick in die neue Generation der *iON*-Batterien geben? Stimmt es, dass Sie ein bisher unbekanntes Mineral verwenden?)

Selbstverständlich hatte ich mit dieser Frage gerechnet, jedoch hatte ich nicht vor, sie offen zu beantworten. Die

Zusammensetzung und Produktion der *iON*-Batterien war unser Betriebsgeheimnis. Meine Antwort fiel dementsprechend oberflächlich aus:

»Die Batterien entsprechen nicht den üblichen *Lithium-Ionen*-Varianten. So viel kann ich verraten. Sie sind eine Weiterentwicklung unter Verwendung spezieller Mineralien und einer von uns entwickelten Bauform. Im Übrigen lässt sich die Batterieeinheit nur von *Infinity*-Werkstätten aus- oder einbauen. Der Zugang ist am Unterboden elektronisch gesichert. Ein Ausbau oder eine technische Analyse sind unmöglich.«

Ein weiterer Reporter wollte mehr darüber wissen:

»Stimmt es, dass die neue Generation der *Infinity*-Baureihe um 20% günstiger angeboten wird als das Vorgängermodell? Wie können Sie dabei noch profitabel produzieren?«

Das war eine Frage für Hubert Richter.

»Das kann ich Ihnen erklären. Der Kunde erwirbt das Fahrzeug ohne *iON*-Batterieeinheit. Diese bleibt im Besitz unseres Unternehmens. Für die Nutzung pro Jahr zahlt er eine monatliche Miete. Das macht Sinn, denn wir übernehmen den Austausch, falls er sein Auto nach dieser Zeit weiterfahren möchte. Selbstverständlich kümmern wir uns auch um die Verwertung der leeren Batterien.«

Eine junge, keck wirkende Frau war aufgestanden. Sie rief lautstark:

»Gerüchte sagen, dass die *iON*-Batterien strahlen. Ist das der Grund, warum Sie die Bestandteile nicht verraten wollen?«

Ich räusperte mich und sah zu Hubert herüber. Er überließ mir die Antwort:

»Andere Gerüchte sagen, dass die Besitzer eines *Infinity* nach der ersten Fahrt strahlen, weil sie so begeistert von ihrem neuen Wagen sind. Mal im Ernst: Unsere Batterien strahlen genauso wenig wie die in Ihrem Smartphone, das Sie in Ihrer Handtasche bei sich tragen.«

Ein Gong ertönte. Die Fragerunde war fast zu Ende. Ein älterer Reporter mit graumeliertem Haar und einem altmodischen Sakko war aufgestanden. Er sprach im Vergleich zu seinen Kollegen leise und langsam.

»Karl Beier, *Deutsche Ingenieur-Zeitung*. Ich beziehe mich auf einen Bericht in unserem Fachblatt vom Dezember 2015. Dort wird von einem bisher unbekannten Mineral berichtet, das in Meteoriten vorkommt. Könnte es sein, dass Sie sich dessen bedienen?«

Diese Frage traf mich unvorbereitet. Auch mein Partner schien für den Moment überfordert.

Der erneute Gong rettete uns. Eine Durchsage beendete die Pressekonferenz. Wir bedankten uns und verließen das Podium. Beim Hinausgehen flüsterte Hubert mir zu:

»Da hast du noch einmal Glück gehabt. Hoffentlich bauscht der Typ seine Vermutung nicht auf. Und die Presse stürzt sich auf das Thema.«

Ich versuchte, seine Frage herunterzuspielen:

»Der Mann ist kurz vor der Pensionierung. Außerdem haben wir mögliche Spuren verwischt.«

»Denk an die Nachricht, die du damals in Erlangen im Hotel erhalten hast. Wenn die sich wieder rühren, dann …«

»Sie haben es bisher nicht getan. Warum sollten sie uns nun angreifen? Wir gehören zu den mächtigsten und finanzstärksten Unternehmen der Welt.«

»Und genau deshalb können wir uns keinen Skandal erlauben. Erinnere dich an die Diesel-Affäre. Das hat die deutsche Automobilindustrie nicht verkraftet.«

»Das kann man nicht vergleichen«, beschwichtigte ich.

»Geheimnisse sind nie gut und die Presseleute werden erst Ruhe geben, wenn sie dahinter gekommen sind.«

»Das werden sie nicht. Eher ...«

Er unterbrach mich.

»Roman. Du bist jung. Das hat seine Vorteile. Du bist enorm begeisterungsfähig, denkst immer positiv. Du hast ein herausragendes Talent, die Menschen für uns zu gewinnen. Aber meine Lebenserfahrung sagt mir: Eines Tages wird es herauskommen.«

»Und wenn. Wir haben nichts Verbotenes getan.«

»Sagen wir mal so. Rechtlich gesehen nicht, aber moralisch?«

»Jetzt lass uns erst einmal die Aktionäre überzeugen. Die glauben an uns. Und an unser Produkt.«

»Wo du recht hast ...«

Die Anteilseigner waren weit weniger kritisch als die Presse zuvor. Was hauptsächlich daran lag, dass sie in den letzten Jahren kräftig mitverdient hatten. Der Börsenkurs hatte sich mehr als verzehnfacht. Das Unternehmen lag nach einer längeren Investitionsphase nun im schwarzen Bereich und verdiente Milliarden. Wir brauchten das Geld für den Umbau der Fabriken, den Aufbau der weltweiten Verkaufs- und Servicestationen und für den Einkauf des geheimen Minerals, das alleine Milliarden verschlang. Ohne dieses wäre die Energiedichte der *iON*-Batterien nicht möglich und es gäbe keinen einzigartigen Wettbewerbsvorteil.

Da ich ohne Eigenkapital in das Unternehmen eingestiegen war, hatte mir Hubert Richter Aktienoptionen angeboten, die ich nach und nach verkaufen konnte. Im ersten Jahr nach dem Börsengang war mir das vertragsrechtlich verboten. Deshalb bezog ich in dieser Zeit ein normales Gehalt, das für meine Verhältnisse sehr hoch, aber im Vergleich zu anderen *CTOs* in der Branche lächerlich gering war. Voraussetzung für den Aufbau meines Vermögens war somit die positive Entwicklung unseres Aktienkurses. Er hatte es überdurchschnittlich getan und die weiteren Aussichten waren vielversprechend. Die Abstände, in denen er sich verdoppelte, obwohl wir in den ersten beiden Jahren keine Gewinne erzielt hatten, wurden immer kürzer. Mit dieser Aktionärsversammlung konnte ich endlich mit meinen Optionen vergünstigt Aktien erwerben und diese am Markt verkaufen, was ich der Börsenaufsicht ankündigen musste. Die Aktionäre erfuhren davon und sie wussten auch, dass ich durch diese erste Tranche zum Aktien-Milliardär wurde.

Es war ein unbeschreibliches Gefühl für mich, als wir zu dem Punkt kamen, an der die Besitzer von Aktienoptionen verlesen wurden. Mit ihren Namen wurde auch die Anzahl der Aktien genannt, die kurz darauf zum Verkauf angeboten wurden. Eine Aktie ist immer eine Wette auf die Zukunft. Unser Kurs lag aktuell bei 122,00 $. Durch unseren Sprung in die Gewinnzone hatten alle Banken und Fondsgesellschaften die Empfehlung *strong buy* ausgesprochen. Noch während der Aktionärsversammlung stieg der Kurs auf 134,00 $, was einem Zugewinn von 10% entsprach und mich noch einmal um einige Millionen Dollar reicher machte. An diesem Tag realisierte ich meinen Gewinn und verkaufte Aktien im Wert von 200 Millionen Dollar. Ich hielt noch weitere, die aktuell einen Wert von drei Milliarden Dollar hatten. Mit einem Schlag zählte ich zu den reichsten Menschen auf dieser Welt. Wahrscheinlich war ich der jüngste Milliardär.

Ich saß oben auf dem Podium und wusste nicht, ob ich jubeln, rot werden oder ganz cool aussehen sollte. Ich mimte den professionellen Geschäftsmann, für den es üblich war, mit solchen Summen umzugehen.

Hubert Richter schaute mich an und trat mir unter dem Tisch auf den Fuß. Kurz darauf schob er mir einen Zettel zu, auf dem zu lesen war:

*Du hast es verdient! Bleib auf dem Boden.*

*Wir brauchen dich!*

Das Ende der Versammlung zog sich hin. Unruhig rutschte ich auf meinem Stuhl herum. Es gab viele weitere Themen, über die wir sprechen und informieren mussten. Ich war froh, dass mein Part vorbei war und ich mich meinen Gedanken hingeben konnte.

Ich stellte mir vor, mein Vater würde im Plenarsaal sitzen und diesen denkwürdigen Tag miterleben. Sicher wäre er stolz auf mich. Gleichzeitig würde er der ganzen Entwicklung kritisch gegenüberstehen. Die Frage, die mich die letzten Monate beschäftigte, war, ob es jemals einen Großkonzern gegeben hatte, der mit absolut sauberen Geschäftsmethoden seine Vormachtstellung erreicht hatte? Oder war es immer so, dass entweder die Mitarbeiter im Sinne von Ausbeutung, Gesundheit oder Rechte darunter litten? Oder die Umwelt? Meistens sogar beides zusammen. Waren es die Stahlproduzenten im vorigen Jahrhundert, die Chemiefabriken nach dem Zweiten Weltkrieg, die Banken nach der Jahrtausendwende, die Lebensmittelkonzerne, die Transportunternehmen, ja selbst die Unterhaltungsbranche und die Dotcoms – sie alle hatten irgendwie Dreck am Stecken. Es gab immer Skandale in den Unternehmensgeschichten. Gründer mussten abtreten, kamen sogar ins Gefängnis. Das Management wurde alle paar Jahre ausgetauscht. Ganze Scharen von Rechtsanwälten wurden engagiert, damit Klagen von Verbrauchern, Verbänden oder der Konkurrenz abgewehrt werden konnten. Hatte Größe immer mit Missbrauch von Macht zu tun? Sobald sie viele Menschen beschäftigten, gewannen die Unternehmen politischen Einfluss. Oder sie suchten ihn über Lobbying. Dabei war es ihr Ziel, die Politik zu beeinflussen, damit entweder die Gesetze so blieben, wie sie waren, oder sie in ihrem Sinn formuliert wurden.

Mit Erschrecken stellte ich fest, dass ich Teil dieses Systems geworden war. Wir hatten unsere spezifischen Geschäftsmethoden entwickelt. Durch sie und mit ihnen hatten wir die Konkurrenz ausgeschaltet. In der Folge hatte ein Konzentrationsprozess in der Automobilindustrie eingesetzt, bei dem viele Traditionsunternehmen verschwunden waren. Sie wurden integriert, wie man in der Wirtschaftssprache sagt. Dabei gab es automatisch Synergieeffekte. Die Folge: Arbeitsplatzabbau. Schließung von Fabriken. Straffung des Systems mit neuen und besseren Prozessen. Schnellerer Software. Digitalisierung und künstliche Intelligenz machten vor keiner Abteilung in den Unternehmen halt. Die Produktion eines Autos musste nicht mehr monatelang in der Fabrik an den Bändern getestet werden. Das übernahmen virtuelle Produktionsstraßen. Die *KI* der Programme merzte Fehler aus, bevor sie in der späteren, realen Produktion auftraten und das Band angehalten werden musste.

Sich vorzustellen, welche Szenarien es geben, was alles schieflaufen könnte, das war eine Kunst für sich. Den Unternehmen, die kaum oder keine Fehler mehr machten, gehörte die Zukunft. Denn Fehler kosten Geld. Viel Geld. Und das wollten die Aktionäre einstreichen. Sie setzten auf Firmen, deren Umsatz und Gewinn jedes Quartal stieg. Wie die Konzerne das bewerkstelligten, war ihnen erst einmal egal. Bis zu dem Moment, an dem ein System kollabierte oder dem Unternehmen unlautere Methoden nachgewiesen wurden. Dann ließen sie ihre Anteile wie eine heiße Kartoffel fallen, verkauften diese und orientierten sich neu.

Bei diesen Szenarien wäre ich am liebsten aufgestanden und hätte mich von allen und allem abgewendet. Doch mir war klar, dass auch ich es vorangetrieben hatte. Ein System, *mein System* geschaffen hatte, das eben den Beweis angetreten hatte, dass es nach den Regeln der Börse und der globalen Weltwirtschaft funktionierte. Und wie sagt ein Sprichwort:

*Schlachte die Kuh nicht, die du melken willst.*

Ich entschied, das, was ich erreicht hatte, auszukosten. Denn ich wusste nur zu genau, es würde für mich nicht auf Dauer funktionieren.

# Die Offenbarung

Wir kreuzten im Mittelmeer vor der Küste Korsikas. Das Wasser war türkisblau. Eine leichte Brise machte die Hitze erträglich. Chris, meine Freundin, Tine, meine Schwester, und ich lagen auf dem Sonnendeck der dreißig Meter Yacht, die wir gechartert hatte. Eigentlich hatte ich auch meine Mutter eingeladen, doch sie wollte lieber zuhause bleiben. Was ich sehr gut verstehen konnte, denn ohne ihren Mann konnte und wollte sie das neue Luxusleben nicht genießen.

Wir jedoch zählten zu einer jungen, superreichen Generation, für die Geld der Zugang zu exklusiven und extraordinären Aktivitäten war. Innerhalb kürzester Zeit hatten wir verstanden, wie das Spiel funktionierte und welche Regeln zu beachten waren. Man kannte sich im Kreis der Milliardäre und, das war entscheidend, man hielt dicht. Denn Reichtum hatte immer etwas mit Macht zu tun. Und die Mächtigen hatten alle Hände voll zu tun, ihr Revier und ihren Besitz zu schützen. Deshalb beschäftigten sie ganze Armeen von Bodyguards oder zwielichtige Söldner, die dafür sorgten, dass man nicht belästigt wurde. Zuerst wollten wir das nicht akzeptieren. Doch schon auf dem Weg vom Flughafen *Nice Côte d'Azur* zum Yachthafen in Cannes wurde uns plakativ vor Augen geführt, was es heißt, ein Megareicher zu sein. Du wirst auf Schritt und Tritt von der Presse oder von Leuten verfolgt, die irgendetwas von dir wollen. Meistens dein Geld. So blieb uns nichts anderes übrig, als noch in Cannes ein *Security-Team* zu engagieren. Die Stadt war der perfekte Ort dafür. Denn hier lagen reihenweise Luxusyachten von Arabern, Russen, Engländern, Schweizern und von einem Deutschen, der sich das erste Mal in seinem Leben für 99.000,00 Euro die Woche die *Princess of the Sea* inklusive Crew, Hubschrauber und zwei Rennbooten, gechartert hatte. Ein wahres Schnäppchen, denn eigentlich war sie schon vergeben gewesen, doch der Kunde musste leider aus ungenannten Gründen zurücktreten. So bekam ich das prächtige Schiff zwanzigtausend Euro günstiger. (Selbstverständlich ohne Treibstoff und Hafengebühren.)

Ich musste noch lernen, dass sich Milliardäre über solche Dinge keine Gedanken machten und schon gar nicht darüber sprachen.

Wir rekelten uns auf einer Luxusliegelandschaft in der prallen Sonne. Lauschten karibischen Klängen aus einer *Bose-Anlage*, die auf dem ganzen Schiff installiert war. Tranken frisch gemixte Cocktails von dem gelangweilt dreinblickenden Barkeeper und zählten die Segelboote, die mal näher oder auch weiter am Horizont an uns vorbei rauschten. Es gab nichts, was uns hätte aufregen können und so frönten wir dem süßen Nichtstun.

*War das nun das ultimative Leben der Superreichen? Allein auf einer Mega-Yacht? Umgeben von Bediensteten, die einen beobachteten?*

Mir fielen die Augen zu, doch an ein Nickerchen war nicht zu denken, denn meine Freundin schien anders zu empfinden. Sie säuselte mir zu:

»Ich fühle mich wie Paris Hilton. Roman, machst du mal ein Foto von mir für *Instagram?*«

»Ja, von mir auch«, ergänzte meine Schwester.

»Und von uns beiden mit den Cocktails in der Hand.«

»Ich habe einen Selfiestick dabei, dann kannst du mit drauf«, schlug Chris am Ende der Fotosession vor.

Ich rappelte mich auf. Sie griff nach ihrem Stick, wollte ihr *iPhone* montieren, da hörten wir ein summendes Geräusch am Himmel. Eine Drohne zog unsere Aufmerksamkeit an. Sie flog in geringer Höhe direkt auf die Yacht zu. Ich kommentierte das Geschehen mit den Worten:

»Jetzt fühle *ich* mich wie Leonardo DiCaprio, der mit seinen Gespielinnen beobachtet und erwischt wird. Morgen erscheinen kompromittierende Fotos von uns in der Boulevardpresse. Zieht eure Bikinioberteile an. Die Drohne ist sicher mit Teleobjektiven bestückt.«

Weit gefehlt. Das kleine Fluggerät schwebte permanent über unseren Köpfen. Es verringerte seine Höhe, stand in der Luft und wir starrten nach oben. Es war so nah, dass wir eine Klappe erkannten, die sich kurz darauf zu öffnen begann.

Tine rief:

»Da fällt bestimmt gleich etwas heraus. Nehmt euch in Acht!«

Ein schwarzer Würfel plumpste knapp zwischen uns auf das Sonnendeck. Kurz darauf segelte eine kleine Spielfigur an einem Fallschirm in Chris Schoss. Daraufhin drehte die ferngesteuerte Drohne ab und gewann an Höhe. Sie flog in Richtung einer Yacht, die in ungefähr einem Kilometer Entfernung im Meer dümpelte.

Wir sahen uns verblüfft an, fanden die Aktion aber irgendwie lustig. Denn der Würfel entpuppte sich als Toniebox. Ein digitales Abspielgerät für Lieder, Kindergeschichten oder eigene Tonaufnahmen. Die dazugehörige Figur trug einen Smoking und hatte Ähnlichkeit mit mir.

»Wirst du uns gleich Kinderlieder vorsingen?«, unkte meine Schwester.

»Ich glaube, da will uns jemand etwas mitteilen, Roman«, mutmaßte Chris.

»Das werden wir gleich wissen.«

Ich stellte die Figur, die eine Musik- oder eine Sprachdatei enthielt, auf die Box. Sobald sie darauf stand, ertönte zu unserer Überraschung die weltberühmte *James Bond*-Titelmelodie, zu der ein professioneller Sprecher in markigen Worten verkündete:

»Man lebt nur einmal. In der Hauptrolle Roman Hess. Sein Auftrag: Einhundert Millionen Dollar in Brillanten zu besorgen. Bis morgen. Gleiche Uhrzeit. Dann kommt die Drohne zurück. Sie landet auf der Yacht und nimmt die Beute auf. Wenn nicht, geht die Formel für *iON* an die Presse und an Bord eine Bombe hoch. Keine Tricks. Die Yacht muss 24 Stunden vor Ort liegen bleiben. Sonst ändern wir unsere Methoden.« Der rhythmisch, instrumentale Refrain wurde fortgesetzt. »Die Verbündeten aus der Vergangenheit. *Remember: You only live once.*«

Wir hörten es uns gleich ein zweites Mal an. Die Botschaft blieb dieselbe.

Chris sah mich verzweifelt an.

»Was willst du tun? Wir können hier nicht weg.«

Tine meinte:

»Das ist doch ein Bluff. Da erlaubt sich einer einen Scherz.«

Ich hielt dagegen:

»Das glaube ich nicht. Es gibt da Leute von damals, als ich Opas Geheimnis entdeckt hatte. Das mag mysteriös für euch klingen, früher oder später hatte ich aber mit denen gerechnet. Auf jeden Fall sind ihre Methoden ungewöhnlich und kreativ.«

Chris stemmte ihre Hände in die Bikinihüften.

»Du findest das auch noch bewundernswert? Die drohen, dein Geschäft zu ruinieren und uns in die Luft zu jagen, wenn du nicht das tust, was sie verlangen.«

Meine Schwester stellte die entscheidende Frage:

»Bist du denn in der Lage einhundert Millionen Euro in Diamanten zu besorgen?«

Ich zuckte mit den Schultern.

»Ich denke schon. Mein Geschäftspartner, Hubert Richter, der CEO von *Infinite Solutions,* sollte das hinkriegen. Die Frage ist nur, ob er sie so schnell besorgen kann?«

Tine sprang hektisch auf:

»Dann verlier keine Zeit, ruf ihn an! Wir haben nur noch 23 Stunden und fünfzig Minuten.«

Chris beschäftigte etwas anderes.

»Und dann erklärst du uns, was da in der Vergangenheit genau passiert ist. Wir sind deine Familie. Und gehen, wenn die ernst machen, mit dir hoch.«

Ich hatte nicht vor, ein zweites Mal diese Leute zu ignorieren. Sie hatten den perfekten Moment abgepasst. Wir waren leichte Beute auf diesem Schiff. Ein Anruf im Headquarter von *Infinite Solutions* in Frankfurt sollte helfen, unsere Köpfe aus der Schlinge zu ziehen.

Als ich zurück zum Sonnendeck kam, waren Chris und Tine nicht mehr dort. Ich fand sie im klimatisierten Salon. Sie hatten sich umgezogen und starrten mich mit angespannten Mienen an.

»Was guckt ihr so? Ich habe alles organisiert. Morgen früh kommt ein Boot, das die Diamanten bringt. Wir werden also keinen unangenehmen Besuch erhalten.«

»Was macht dich sicher, dass sie dich nach der Übergabe nicht erneut erpressen? Oder uns trotzdem in die Luft sprengen?«, fragte Tine ängstlich.

»Nichts. Aber ich habe keine andere Wahl. Wir werden nach Ablauf der Aktion mit dem Boot abgeholt und an Land gebracht. Die *Princess of the Sea* steuert dann *Bastia* an und wird dort von Spezialisten untersucht. Für uns sind zwei Suiten in einem fünf Sterne-Hotel mit Meerblick reserviert. Wir können unseren Urlaub fortsetzen.«

Meine Freundin sah mich herausfordernd an. Ich kannte diesen Blick. Er bedeutete nichts Gutes. Meistens folgte eine längere Diskussion.

»Damit ist für dich alles wieder in Ordnung, Roman Hess? Wolltest du uns nicht in die Geschehnisse der Vergangenheit einweihen? Was war damals los? Wurdest du da schon einmal erpresst? Oder hat dir jemand gedroht? Ich glaube, es ist an der Zeit, uns einzuweihen!«

Da ich etwas unbeholfen vor ihnen stand, fragte ich:

»Okay. Ich werde euch die ganze Geschichte erzählen. Dazu würde ich es mir gerne bequem machen und ein kühles Bier trinken. Wenn ich das habe und der Barkeeper den Raum verlassen hat, lege ich los. Einverstanden?«

Tine klopfte auf den Platz neben ihr.

»Komm zwischen uns. Wir sind gute Zuhörerinnen.«

Ich nahm mein frisch gezapftes Pils, setzte mich und überlegte, wo ich beginnen sollte? Am besten am Anfang und mit der Wahrheit. Es würde hart werden. Ganz besonders für Tine. Mutter und ich hatten ihr eine abgeschwächte Variante von Vaters Verschwinden erzählt. Nun musste ich vollständig auspacken. Ich ließ die Katze aus dem Sack.

»Tine, du musst tapfer sein. Dad arbeitet in geheimer Mission für *Infinite Solutions*. Von einem geheimen Ort. In der Zukunft.«

Meine Schwester wurde blass. Ihr Gesicht zeigte Entsetzen.

»Wie? Er ist nicht auf Geschäftsreise in Russland und kommt in einigen Wochen zurück?« Ihre Stimme erstickte. »Zukunft? Du lügst doch schon wieder. Wie soll das denn gehen?«

Sie kämpfte mit den Tränen.

Auch Chris wollte es nicht glauben. Sie packte mich am Arm und ging auf mich los. Es platzte nur so aus ihr heraus.

»Du hast uns die ganze Zeit belogen und verarscht? Wie konnte ich mich nur so in dir täuschen!«

Ich wirkte nicht nur betroffen, ich war es auch.

»Es tut mir leid, dass ich euch angeschwindelt habe. Doch es erschien uns erst einmal als die beste Lösung. Die Wahrheit hätte euch noch mehr geschockt und belastet. Wir selbst wussten nicht, wie wir damit umgehen sollen. Es hat nicht an die Öffentlichkeit gehört. Es hätte die Welt, in der wir leben, komplett verändert. Wahrscheinlich hätte es einen Wirtschaftskrieg zur Folge gehabt.«

Chris war kurz davor, mir an die Gurgel zu springen.

»Was erzählst du da für einen Schwachsinn! Ja, ja, die einfältigen Mädchen, denen kann man nicht die Wahrheit zumuten. Dafür sind sie zu schwach. Ich glaube nicht, dass ich jemals zartbesaitet war. Und Geheimnisse bei mir nicht sicher wären.«

Ich rückte etwas von meiner Freundin ab und versuchte, meine Sätze noch vorsichtiger zu formulieren.

»Anders ausgedrückt, standen wir kurz vor einem epochalen Ereignis.«

Chris schüttelte abfällig ihren Kopf.

»Was sollte das schon sein? Hat Opa etwa noch etwas erfunden?«

Ich konnte mir ein selbstgefälliges Grinsen nicht verkneifen.

»Da vermutest du richtig! Hört genau zu. Vater und ich haben hinter dem Labor einen weiteren Raum entdeckt. Der Zugang war nur durch den *iON*-Akku möglich. Ihr werdet mich für verrückt erklären, aber dort steht ...«

Er machte eine theatralische Pause.

»... *Timefly* – eine Zeitmaschine.«

Meine Schwester reagierte hysterisch:

»Willst du uns komplett verarschen? Vater ist verschwunden. Mutter ist verzweifelt und allein. Unser Leben wird von einer Bombe bedroht. Und du laberst hier was von einer Zeitmaschine? Tickst du noch ganz richtig?«

Es würde schwer werden, ihnen die Situation begreiflich zu machen, das war mir klar. Ihnen die Dinge nachvollziehbar darzustellen, war eine Herausforderung. Ich hatte damit begonnen, nun musste ich da durch.

»Glaubt mir, bitte. *Timefly* existiert und wir sind mehrmals damit in die Zukunft und wieder zurückgereist.«

Meine Freundin hatte sich zurückgelehnt. Sie schien die Information zu reflektieren.

»Nehmen wir mal an, du sagst die Wahrheit. Dann müsstest du uns von der Zukunft berichten können. Wie ist die denn so? Wo warst du? Habt ihr es euch gut gehen lassen? Kommt daher dein Reichtum? Erkläre mal. Ich will es verstehen.«

Mit diesen Fragen hatte ich gerechnet. Meine Antworten würden nicht sonderlich befriedigend ausfallen, das war mir klar.

»Ich werde es versuchen. Erwarte nicht zu viel. Lass mich mit einem Vergleich beginnen. In die Zukunft reisen, ist, wie ein anderes Land entdecken. Das Leben der Menschen ist auf den ersten Blick ähnlich, die Unterschiede liegen im Detail. Du siehst Dinge, die es in deiner Zeit nicht oder in anderer Form gab. Überlege selbst einmal. Wie war es in Frankfurt vor zehn Jahren? Würdest du, wenn du diese zehn Jahre übersprungen hättest, einen großen Unterschied bemerken? Wohl eher nicht. Die Autos sähen etwas anders aus. Die U-Bahnen wären wahrscheinlich die Gleichen. Die Mode hätte sich geändert. Aber das Meiste bliebe unverändert. Im Fernsehen gäbe es weiterhin die Lindenstraße. Gut, die Handys hießen Smartphone und hätten keine Tasten mehr. Die eigentlichen Innovationen würdest du erst bemerken, wenn du länger in der Zukunft leben würdest. Das schnellere WLAN, der neue Mobilfunkstandard, die höheren oder niedrigeren Börsenkurse. Und die Kriege oder Katastrophen, die in den letzten Jahren die Welt erschütterten. Den größten Unterschied würdest du an den Menschen feststellen, die du damals kanntest. Sie wären gealtert oder sogar verstorben. Vielleicht gäbe es den geliebten Hund nicht mehr. Und das Baby von vor zehn Jahren wäre nun ein Schüler. Zukunft ist nichts anderes, als eine stetige Weiterentwicklung von unserer Existenz heute. Ist das für euch so weit klar und nachvollziehbar?«

»Schon. Aber ...«, setzte Chris an, wurde aber gleich von Tine unterbrochen.

»Dann macht es eigentlich wenig Freude und Sinn, in die Zukunft zu reisen, denn man kommt aus der Vergangenheit und fühlt sich höchstwahrscheinlich dort nicht wohl, weil man in einem scheinbar vertrauten, aber dennoch fremden Land angekommen ist.«

Ich nickte bestätigend.

»Uns ging es ähnlich. Außer man hat einen genauen Plan. Ansonsten ist es wie Sightseeing. Und nach einer Weile bekommt man Heimweh. Nehmen wir einmal an, ich bin ein Wissenschaftler und forsche auf einem konkreten Gebiet. Zum Beispiel forsche ich nach einem Impfstoff. In meiner Zeit gelingt mir nicht der Durchbruch. Hätte ich die Möglichkeit, in die Zukunft zu reisen, dann könnte ich genau danach suchen. Ich würde mir das Vakzin besorgen und es dann in meiner Vergangenheit nachbauen. Aber selbst das ist schwierig und komplex. Denn ich müsste ungefähr den Zeitpunkt einschätzen, wann ich danach in der Zukunft suchen sollte. Und die Bestandteile des Impfstoffs müssten aktuell existieren.«

Ich merkte Chris an, dass sie eine Frage loswerden wollte.

»Roman! Werde mal konkret. Was war euer Plan? Und wo steckt dein Vater?«

»Kann ich mir vorher noch ein Bier zapfen?«

»Du musst dir wohl Mut antrinken?«, fragte Tine.

Hinter der Bar stehend, antwortete ich ihr.

»Das kann schon sein. Aber ich habe auch einen trockenen Mund vom vielen reden.«

»Mach es einfach kurz. Wir verkraften das schon«, ermutigte sie mich.

Nachdem ich mich wieder gesetzt und einen großen Schluck getrunken hatte, kam ich zu unserem Plan.

»Im November 2015 entdeckten mein Vater und ich *Timefly*.«

»Das wissen wir bereits.«

»Lass mich mal erzählen, Chris. Kurz zuvor hatte ich die Pläne für den *iON*-Akku aus Opas Labor geholt und meinem ehemaligen Chemielehrer Dr. Tristan gezeigt. Der hat Hubert Richter, meinen heutigen Partner bei *Infinite Solutions,* darüber informiert. Hubert war mal einer seiner Schüler. Daraufhin hatte ich einen Vorstellungstermin bei ihm. Er bot mir eine Beteiligung bei dem damaligen Unternehmen *Future Energy Solutions* an. Bis dahin hört sich die Geschichte noch relativ normal an. Das hat sich dann aber schnell geändert. Denn kurz nach meiner Ankunft in Erlangen wurde ich von einem Russen im Botanischen Garten überfallen. Ich bin dorthin, weil ich vor meinem Termin etwas Zeit hatte. Der Typ, ein Schrank von einem Mann, bedrohte mich und behauptete, dass Opa mit einer Firma aus seinem Land kooperiert hätte und Geld für seine Forschungen erhalten hätte. Er sei beauftragt, mir die Pläne abzunehmen und sie seinen Auftraggebern auszuhändigen. Vorsichtig wie ich bin, hatte ich Opas Aufzeichnungen zum Teil unkenntlich gemacht, bevor ich sie auf einem Memorystick abgespeichert hatte. Um ihn ruhig zu stellen, gab ich sie ihm und er zeigte sich damit zufrieden und ließ mich gehen.«

»Du hast bei deinem anschließenden Termin in Erlangen bei *Future Energie Solutions* keine Pläne zeigen können?«, fragte Chris.

»Richtig. Der *CEO* hat mir aber trotzdem geglaubt.«

»Und dann?«

»Geduld, Tine. Wir vereinbarten, dass ich ihm die Originalpläne und Aufzeichnungen schicken sollte. Das tat ich einige Tage später. Aber zuvor, noch am Abend in Erlangen, kam die zweite unvorhergesehene Überraschung. Ich erhielt einen anonymen Brief auf mein Hotelzimmer. Eine weitere Drohung von einem anderen Partner unseres Großvaters. Ich solle auf keinen Fall Opas Erfindung weitergeben. Sie hätten die Rechte daran. Den Brief habe ich aufbewahrt. Ich zeige ihn euch, wenn wir wieder zuhause sind.«

»Es gibt also zwei Partner. Er hat sich doppelt verkauft. Doppeltes Geld für seine Arbeit genommen. Kein Wunder, dass die Lage eskaliert ist«, resümierte Chris.

»Die Bombendrohung heute, die kommt mit Sicherheit von den Leuten, die damals den Drohbrief verfasst haben. Denn mit den Russen arbeiten wir zusammen.«

»Nein! Was? Wieso?«, riefen die Frauen zugleich.

»Doch! Denn jetzt kommt der noch spannendere Teil der Geschichte. Ich habe euch nicht verraten, was man zur Produktion der iON-Batterien benötigt und wie wir heute an dieses Material kommen.«

»Jetzt brauche ich auch ein Bier«, verkündete meine Freundin.

»Bring mir eins mit!«, bat Tine.

»Eine Frage zwischendurch. Wer außer uns ist über diese Entwicklung informiert?«, fragte Chris.

»Nur Dad. Selbst mein Partner bei *Infinite Solutions*, Hubert Richter, kennt nicht die Details.«

»Ich sag einfach mal nichts und höre weiter zu«, kommentierte meine Schwester.

Ich holte Luft und setzte zur weiteren Erklärung an:

»Unser Geheimnis liegt ...«

Meine Freundin und meine Schwester sahen mich erwartungsvoll an. Ich konnte nicht anders, als diesen

Moment auszukosten. Insgeheim hatte ich gehofft, ihnen endlich davon berichten zu können.

»Also, unser Geheimnis liegt in der Zukunft. Und im Weltall. Genauer gesagt im Orbit um die Erde.«

Nun hatte ich sie erneut in Erstaunen versetzt. Meine Zuhörerinnen brauchten eine Weile, bis eine Reaktion kam:

»Holst du dir etwa mit Raketen das Material für die *iON*-Batterien?«, mutmaßte Chris.

»Und Vater unterstützt dich dabei?«

»So ähnlich. Ihr seid schon nah dran.«

»Vater ist also nicht auf Geschäftsreise?«

»Anders als ihr denkt.«

»Und wann kommt er wieder zurück?«

Diese Frage war nicht so leicht zu beantworten. Ich versuchte es trotzdem.

»Wenn seine Aufgabe beendet ist.«

Tine regte sich auf:

»Das darf doch wohl nicht wahr sein. Was ist denn das für eine Aufgabe?«

»Dazu komme ich später.«

»Erzähle erst einmal weiter«, forderte mich Chris auf, die an den Enthüllungen scheinbar Gefallen fand.

Ich trank den letzten Schluck meines Pils aus und wischte mir mit der Hand über den Mund. Mein Blick schweifte durch die Lounge der Luxusyacht hinaus auf das türkisblaue Meer. Ein seltsamer Ort für die Aufdeckung meiner jahrelang gehüteten Geheimnisse. Doch irgendwie passte die Weite des Ozeans zu den unendlichen Möglichkeiten, die Zeitreisen boten. Gleichzeitig war man selbst aber nur ein winzig kleines Teilchen im temporären Raum. Trieb dahin und verschmolz förmlich mit den Elementen. Nur wer den Mut hatte, etwas zu wagen, der konnte in der Weite des Meeres oder der Zeit verborgene Schätze entdecken. So ging es meinem Vater und mir, als wir die Idee für eine Meteoritenauffangstation hatten.

»Ihr wisst, was Meteoriten sind?«

Tine antwortete zuerst:

»Gesteinsbrocken, die vom Himmel fallen.«

Chris ergänzte:

»Es sind keine Asteroiden. Die sind größer und können unsere Existenz bedrohen. Ein Asteroideneinschlag kann sogar das Klima verändern. So wie es beim Aussterben der Dinosaurier geschehen ist.«

»Alles richtig. Etwas Bedeutendes habt ihr nicht erwähnt. In dem Gestein der Meteoriten sind Mineralien eingeschlossen. Auch solche, die es auf der Erde nicht gibt.«

Tines Augen leuchteten:

»Warte! Jetzt weiß ich es: Ihr habt ein seltenes Mineral entdeckt und es im *iON*-Akku verbaut?«

»Treffer! Das waren ursprünglich nicht wir, sondern Opa Hans. Denn als er ein junger Mann war, ist in unserem Garten in der Bergstraße ein Meteorit gelandet.«

»Das wird ja immer abenteuerlicher! Was hat Opa mit ihm gemacht? Woher wusste er von dem Mineral? Und wer hat ihm gesagt, dass es für Akkumulatoren geeignet ist?«, fragte Chris, die wie immer alles ganz genau wissen wollte.

Ich lehnte mich entspannt zurück. Endlich hatte ich sie begeistert und sie waren nicht mehr gegen mich aufgebracht. Es ging ihnen wie mir damals. Das Ganze war einfach unglaublich und unglaublich spannend.

»Zuerst einmal hat er den Meteoriten versteckt und jahrelang nicht mehr beachtet. Denn er wusste nichts damit anzufangen.«

Tine nickte.

»Klar, als junger Mann, direkt nach dem Krieg, hatte man andere Sorgen. Wann hat er ihn denn wieder hervorgeholt?«

»Genau kann ich das euch nicht sagen. Es muss kurz vor seiner Pensionierung gewesen sein. Also, so um das Jahr 2000 herum. Denn da hat er begonnen, sich mit der Entwicklung einer neuen Akkutechnologie zu beschäftigen. Und er hatte genügend Zeit als Rentner.«

»Da waren wir Kinder«, bestätigte Tine. »Du bist samstags zu ihm in seine Werkstatt und hast mit ihm gebastelt.«

»Und Dad hat sich darüber aufgeregt, wenn ich dreckig und glückselig zurückkam.«

»Ich kann mich daran erinnern. Er fand Opa immer eine schräge Type. Und konnte mit ihm nicht so viel anfangen.«

»Das war damals so. Später hat er seine Meinung grundlegend geändert. Opa war, wie er nun mal war. Immer vertieft in seine Erfinderwelt und seine Träume.«

»Die er auch umgesetzt hat, wie es mir scheint«, erkannte Chris.

»Das hat er. Nur vollenden konnte er sie nicht mehr. Deshalb hat er mich dann eingeweiht.«

»Nach seinem Tod. Hu, da läuft mir ein Schauer den Rücken herunter. Was für eine Vorstellung!«, beschrieb Tine emotional ergriffen.

»Was hat er mit dem Meteoriten denn angestellt? Hast du ihn oder Reste von ihm gefunden?«

»Leider nicht. Das war ja das Problem. Er hatte das Mineral herausgelöst. Es nennt sich *Ionit*. Es waren nur wenige Gramm. Die hat er zusammen mit *Graphen,* einer künstlich veränderten Kohlenstoffverbindung, in den *iON*-Akkus eingesetzt. Beide Stoffe wurden zu der Zeit von

144

anderen Wissenschaftlern erforscht. Ich vermute, Opa hat sich die Forschungen zunutze gemacht und drauflos experimentiert. Dabei war das Glück auf seiner Seite.«

Chris schaute mich schief an.

»Eine blöde Frage. Woher wusstest du denn von dem Meteoriten, wenn du ihn nicht gefunden hast?«

Ich lächelte wissend.

»Er hat es mir in einer Videobotschaft mitgeteilt. Er war, was die Nutzung von neuester Kommunikationstechnik anging, fit. Noch bis kurz vor seinem Tod hat er sich technisch auf dem Laufenden gehalten.«

»Anscheinend war er auch skrupellos. Geld aus zwei Quellen einzustreichen und dabei in aller Seelenruhe zu arbeiten, das ist schon dreist und man kann leicht einen Riesenärger bekommen«, erklärte Tine.

»Er hatte nichts zu verlieren. Konnte endlich alles das verwirklichen, was er die ganzen Jahre in sich trug«, vermutete Chris.

»So ähnlich sehe ich das auch. Denn die *iON*-Entwicklung war im Vergleich zu *Timefly* nur ein erster Schritt. Übrigens, wir haben bis heute nicht herausgefunden, wie diese Maschine funktioniert. Zum einen haben Vater und ich uns nicht getraut, sie Wissenschaftlern zu zeigen, zum anderen halten wir sie bewusst unter Verschluss. Niemand darf und soll von ihr erfahren. Auch Hubert Richter, mein Partner bei *Infinite Solutions,* ahnt nichts von ihr und von den Zeitreisen.«

Ich sah in ungläubige Gesichter. Tine fragte:

»Wie? Was? Sind wir etwa die Ersten und Einzigen, die von der Existenz wissen?«

»Ja. Und das soll auch so bleiben.«

»Und was ist mit Mutter und den Leuten da drüben auf dem Schiff, die uns bedrohen? Was wissen die?«, fragte Chris.

»Ganz genau kann ich euch die Frage nicht beantworten. Ich kenne sie nicht. Ich gehe aber davon aus, dass sie über die ursprüngliche Zusammensetzung des *iON*-Akkus informiert sind. Denn sie behaupteten, Opa kurz vor seinem Tod gesprochen zu haben. Ich gehe davon aus, dass sie über die Verwendung von *Graphen* Bescheid wissen. Von *Timefly* haben sie keine Ahnung.«

Chris rückte näher zu mir. Sie legte ihre Hand auf mein Knie, drehte ihren Kopf zu mir und gab mir einen Kuss.

»Womit habe ich das verdient?«

»Für deinen Mut und dafür, dass ich dich liebe!«

Ich fühlte mich gleich viel wohler. Das zu wissen, gab mir neuen Mut, mit der ganzen Wahrheit herauszurücken.

»Ihr zwei Liebenden. Ich möchte nun erfahren, was mit meinem Vater ist. Werden wir ihn wiedersehen? Roman, verrate es mir. Denn ich werde auf jeden Fall, falls wir hier heil herauskommen, unsere Mutter informieren.«

»Mit den momentanen Erkenntnissen der Wissenschaft wird das schwierig werden. Es tut mir leid.«

Tine schluckte und sah mich mit glasigen Augen an. Sie würgte ein Wort heraus:

»Wieso?«

»Weil er in der Zukunft feststeckt. Weil er es so gewollt hat. Weil er für die Existenz und für den Erfolg von *Infinite Solutions* eminent wichtig ist.«

Schluchzend fragte sie:

»Was macht er denn? Geht es ihm gut?«

»Er ist, genau gesagt, im Jahr 2038. Er leitet und überwacht das Abfangen von Meteoriten im *Kosmodrom*

*Wostotschny* in Russland, 100 km östlich zur Grenze zu China.«

»Wie furchtbar! Warum tut er sich das an? Er war ein beliebter Mathematiklehrer und nun lebt und arbeitet er in der russischen Einöde.«

Ich sah das anders und nutzte die Gelegenheit, meine Sicht der Dinge meiner Schwester darzustellen.

»Vater lebte über fünfzig Jahre das Leben eines braven Lehrers. Er gestand mir, kurz bevor ich ihn verließ, dass er immer den Wunsch hatte, etwas Großes zu leisten. Nun war die Chance für ihn gekommen. Die russische Raumfahrtbehörde *Roskosmos* hat uns mit offenen Armen empfangen. Da Vater und auch ich fließend Russisch sprechen, gab es keine Verständigungsschwierigkeiten. Ein paar Wochen nachdem wir *Timefly* entdeckt hatten und erste, kurze Reisen in die Zukunft unternommen hatten, stand der russische Kraftprotz, sein Name ist Dimitri Popow, vor der Tür in der Bergstraße. Zu unserem Glück hielten wir uns zwar im Labor auf, der Eingang zu *Timefly* aber war verschlossen. Er war äußerst schlecht auf mich zu sprechen, denn seine Auftraggeber hatten natürlich bemerkt, dass ich ihnen nur Teile der Aufzeichnungen gegeben hatte. Wir konnten ihn beruhigen und ich schlug ihm eine Zusammenarbeit vor. Zuerst war dies nur ein Bluff von mir, um ihn ruhig zu stellen. Während unseres Gesprächs kam heraus, dass die Russen im Besitz von einigen Meteoriten waren, die seiner Meinung nach alle *Ionit* enthielten. Diese Neuigkeit änderte unsere Haltung zu ihm. Wir vereinbarten, ein Gespräch mit seinen Auftraggebern, das in Moskau stattfinden sollte. Danach informierte ich Hubert Richter, der meine Initiative gut fand und uns nach Russland begleitete. Ich mache es kurz. Die russische Firma Минерал и камень (Mineral&Gestein) ist seitdem unser Lieferant für *Ionit*.«

Tine schien nicht sonderlich begeistert von dieser Entwicklung. Sie reagierte kalt und ablehnend.

»Das war, als Mutter und ich uns über eure neuen geschäftlichen Beziehungen gewundert haben. Von Reisen nach Russland habt ihr nie erzählt. Wir waren außen vor und haben uns echt mies gefühlt. Du warst damals wie ein Fremder für mich.«

»Was mir leidtut. Ich konnte aber nicht anders. Bitte verstehe. Wir haben in unseren Verträgen Stillschweigen über die Inhalte vereinbart. Wenn ich etwas verraten hätte, dann hätte ich den Deal gefährdet.«

Sie schüttelte ungläubig mit dem Kopf.

»Erzähle mir nicht sowas! Jetzt kannst du doch auch darüber sprechen. Du bist wie Opa. Ein unverbesserlicher Geheimniskrämer. Und Vater musste dran glauben. Wieso bist nicht *du* im Jahr 2038 statt seiner? Erkläre das mal!«

Tine ließ nicht locker, was ich voll verstehen konnte.

»Du sollst alles erfahren. Die russische Menge an *Ionit* war überschaubar. Sie langte für gut ein Jahr zur Herstellung von *iON*-Batterien für unser in der Entwicklung befindliches *Infinity*-Modell. Es war Mitte 2017. Kurz darauf lieferten wir die ersten *Infinity* an Kunden aus. Chris, du erinnerst dich bestimmt. Zu diesem Zeitpunkt bist du bei *Infinite Solutions* eingestiegen. Innerhalb weniger Wochen hatten wir weit über einhunderttausend Aufträge vorliegen. Damit hatte keiner gerechnet. Da wir seit kurzem an der Börse gelistet wurden, mussten wir jedes Quartal unsere Zahlen berichten. Dazu zählte auch die Produktionsmenge der *iON*-Batterien. Es war allgemein bekannt, dass wir mit der Produktion Probleme hatten. Nicht bei der Qualität, sondern bei der Quantität. Uns fehlten permanent die Rohstoffe.«

Chris sah Tine an und bestätigte ihr.

»Ich bin zwar kein Vorstandsmitglied, doch habe auch ich davon mitbekommen. Das Unternehmen wuchs rasant. Wir hatten auf einen Schlag zehntausend neue Mitarbeiter eingestellt. Hubert Richter versprach den Aktionären ein Verkaufswunder nach dem anderen, welches dann auch wirklich einsetzte. Doch der Rohstoffmangel stellte alles in Frage. Plötzlich ...«

»Darf ich weiter berichten, Chris?«

»Ja, du warst ja damals der Retter.«

»Stimmt nicht ganz. Es war Vater.«

»Wieso? Er war doch gar nicht bei *Infinite Solutions* angestellt?«, fragte Tine.

»Er hatte einen Beratervertrag und war für den Kontakt zu den Russen bei Минерал и камень zuständig.«

»Seine ständigen Reisen. Und ich dachte, er hätte eine Geliebte!«

»Seine Geliebte kam aus dem Weltall. Ihr Name ist *Ionit* und ist heiß begehrt.«

»Was hat er denn erfunden?«

»Er hatte die Idee für eine Meteoritenauffangstation im All. Dabei gab es ein gravierendes Problem. Diese Station war nach dem Stand der Technik im Jahr 2017 zwar möglich. Nur würde es zwanzig Jahre dauern, bis alle Bestandteile gebaut, ins Orbit geschossen und dort installiert wären. Also eigentlich keine Lösung für uns, die wir aktuell *Ionit* benötigten und sicher nicht so lange warten konnten. Trotzdem überzeugten wir die Russen, den Bau einer solchen Auffangstation zu starten.«

»Ach du Scheiße. Dann ist Vater mit *Timefly* immer wieder in die Zukunft gereist und hat den Bau überwacht.«

»Nicht nur er, sondern ab und zu auch ich. 2037 war es dann soweit. Die ersten Meteoriten wurden eingefangen und noch im All verarbeitet. Das *Ionit* wiegt nicht viel. Es kann ohne Probleme alle paar Monate zur Erde transportiert werden.«

»Und wie kommt es dann ins Jahr 2019?«, wollte Tine konsequenterweise wissen.

Anstatt zu antworten, sah ich sie lange und durchdringend an.

Sie hielt ihre Hand vor ihren Mund und stotterte:

»Du holst es von dort?«

Ich nickte und mir war dabei nicht wohl.

»Was schaust du so betroffen? Das ist doch eigentlich eine geniale Lösung. Mineralien aus der Zukunft zu holen. Da muss erst einer mal darauf kommen!«, erkannte Chris mit Begeisterung.

»Leider gibt es da ein Problem. Ein massives Problem.«

Die beiden Frauen wirkten geschockt.

»Hat das etwa damit zu tun, dass Papa nicht zurückkommen kann?«, vermutete Tine.

»Ja.«, gestand ich kleinlaut.

»Sag nur, es betrifft auch dich?«, fragte Chris heiser.

»Ja.« Ich näherte mich Chris und forderte sie auf: »Schau mich einmal genau an.«

Meine Freundin reagierte verärgert:

»Was soll das, Roman? Willst du uns extra Angst machen?«

»Ganz und gar nicht. Hier, meine Hände.«

Ich hielt ihr beide Arme hin.

»Ja und? Ganz normale Hände.«, konstatierte sie.

»Sieh mal genauer hin.«

»Du hast halt Sommersprossen.«

»Das sind keine Sommersprossen. Das sind Altersflecken.«
Meine Freundin reagierte fassungslos.

»Ach du Scheiße!« Sie kombinierte fix: »Die Zeitreisen lassen dich schneller altern. Raus mit der Sprache. Habe ich recht? Wie alt bist du körperlich? Du weißt es. Ich kenne dich. Du hast es mit Sicherheit von einem Arzt feststellen lassen.«

»Mein Körper ist so um die vierzig. Obwohl ich erst vierundzwanzig Jahre lebe.«

Chris nahm meine Hände in ihre. Sie war kurz davor zu weinen.

»Ist es das wert, Roman?«

»Ich finde, ja. Es ist es wert. Ich sollte nur vorsichtiger damit umgehen. Die Zeitreisen nur noch einmal im Jahr nutzen, um *Ionit* zu holen.«

Tine atmete schwer aus. Sie wirkte nachdenklich.

»Pro Reise, wie viel Lebenszeit verbraucht man?«

»Das kann ich dir nicht genau sagen, noch nicht. Wir sind dabei, es herauszufinden. Ich habe einen Wissenschaftler vertraulich damit beauftragt. Es hängt von verschiedenen Faktoren ab. Wie alt man ist. Wie lange man in der Zukunft bleibt. Und wie weit man in die Zukunft reist.«

»Das Altern ist irreversibel?«, fragte mich Chris.

»Schlaue Frage. Ich denke, ja.«

Tine schien einen Moment der Erkenntnis zu haben. Ein Schatten strich über ihr Gesicht.

»Wie alt ist Papa mittlerweile im Jahr 2038?«

»Auf das Jahr genau kann ich es nicht sagen. Er wirkt wie Anfang siebzig.«

Nun flossen Tines Tränen endgültig.

»Dann ist er. Dann hat er ... über zehn Jahre verloren! Und wenn er zurückkommen würde?«

»Dann wäre er ein Greis. Oder ...«

»Sag es nicht.«

»Ich muss es. Er steckt im Jahr 2038 fest. Und meine Möglichkeiten, ihn zu besuchen, sind begrenzt.«

»Kann ich zu ihm?«, fragte mich meine Schwester ohne groß nachzudenken.

»Es wäre einen Versuch wert.«

Mit ernstem Gesicht flehte sie mich an:

»Wenn wir hier vom Schiff runter kommen, dann lass mich zu ihm reisen. Ich bringe gerne dieses verdammte *Ionit* mit zurück. Bitte lass mich Papa wiedersehen, Roman.«

»Wenn es dein Wunsch ist?«

»Ich wünsche es mir. So wie ich mir noch nie in meinem Leben etwas gewünscht habe. Bitte mache es möglich.«

»Das liegt nicht an mir. *Timefly* muss dich akzeptieren.«

»Dad, ich komme zu dir. Halte durch!«, rief sie, als ob er sie hören könnte.

# Der Schock

»*Great idea!* Dann können Sie gleich für uns *Ionit* mitbringen.«

Selten war ich in meinem Leben so erschrocken wie in dem Moment, als der Unbekannte in der Lounge auftauchte. Er hatte ein südländisches Aussehen, war braungebrannt und seine schwarzen, lockigen Haare waren mit Gel zu einer akkuraten Kurzhaarfrisur geformt. In seinem Mund steckte eine Zigarre und an seinen Fingern trug er unzählige goldene Ringe, teilweise mit glitzernden Steinen versehen. So, als ob ihm die Yacht gehören würde, schlenderte er hinter die Bar und bediente sich. Er schenkte sich einen Whiskey ein, nachdem er ein paar Eiswürfel in das Glas fallen gelassen hatte. Dabei sprach er leise, aber ausdrucksstark zu uns:

»Danke für Ihren ausführlichen Bericht. Wir haben uns immer gefragt, wie Sie an das *Ionit* für die massive Ausweitung Ihrer Produktionskapazitäten gelangt sind. Ich bin wirklich beeindruckt. Das bin ich selten, glauben Sie mir. Auf die Möglichkeit, das Mineral aus der Zukunft zu holen, wäre ich nie gekommen. Herr Hess, *Chapeau!* Die Sache mit dem Altern – Berufsrisiko. Aber Sie haben ja noch ein paar Jahre vor sich. Und jetzt, da wir Sie unterstützen werden ... Sie haben doch nichts dagegen, wenn ich mich zu Ihnen geselle?«

Chris und Tine saßen mit offenen Mündern in ihren Lounge-Sesseln und verfolgten jede Bewegung des gutaussehenden Fremden. Mir schossen die Gedanken nur so durch den Kopf. Ich wägte ab, welche Möglichkeiten mir blieben. *Sollte ich freundlich und kooperativ sein? Oder schweigen und abwarten, was dieser Mensch vorhatte?* Eins war mir jetzt schon klar, er hatte uns in der Hand. Er wusste nun von meinem jahrelang gehüteten Geheimnis. So wie er auftrat, ging es ihm nicht darum, uns auszuschalten. Das hoffte ich jedenfalls. Er wirkte wie ein Geschäftsmann. Nicht im klassischen Sinne, sondern, so wie er aussah, eher im Mafiastil. Das war mein erster Eindruck von ihm.

Um ihm die Wirkung seines unvorhergesehenen Auftritts etwas zu nehmen, stand ich auf, stellte mich vor ihn, dabei überragte ich ihn deutlich, reichte ihm die Hand und fragte:

»Roman Hess, wie kommen wir zu der Ehre Ihres Besuchs?« Dabei lächelte ich ihn selbstbewusst und herausfordernd an.

Er nahm seine rechte Hand von der Zigarre, die in seinem Mund qualmte und griente zurück. Dabei umspielten tiefe Sonnenfalten seine Augen.

»Nennen Sie mich einfach Georgio. Mein wahrer Name tut erst einmal nichts zur Sache. Hätten Sie etwas dagegen, wenn ich Sie mit Roman anspreche? Herr Hess, das gefällt mir wenig. Sehr deutsch.«

Ich sah ihm in seine mandelbraunen Augen. Trotz der Tabakschwaden roch ich ein schweres Parfüm. Ich schätzte ihn auf Ende fünfzig. Vielleicht auch Anfang sechzig.

»Möchten Sie Platz nehmen, Georgio? Bedient haben Sie sich ja schon. Chris, Tine? Möchtet ihr noch etwas trinken? Ich hole mir ein Bier.«

Beide nickten mir zu, sagten aber nichts. Georgio setzte sich uns gegenüber. Er schlug ein Bein über das andere. Dabei sah man, dass er in seinen feinen, hellbraunen Lederschuhen keine Strümpfe zu seinem cremefarbenen Leinenanzug trug.

»Ich mache nur Geschäfte mit Menschen mit Niveau und Leidenschaft. Als Sie diese Yacht gechartet haben, die übrigens mir gehört, sagte ich mir: Georgio, jetzt ist der Moment gekommen. Roman ist bereit für die große Nummer. Deine Geduld hat sich gelohnt.«

Während er sprach, schaute er sich um. Sein Blick blieb am Horizont hängen. Ich folgte ihm mit den Augen und sah in der Ferne die weiße Yacht, zu der die Drohne geflogen war. Von der Bar aus zeigte ich auf das Meer.

»Ist das auch Ihr Schiff?«

»So ist es. Eines aus meiner Sammlung. Ich liebe den Ozean. Fast das ganze Jahr verbringe ich auf See. Hier im Mittelmeer habe ich drei Yachten liegen.«

Ich nahm neben meiner Freundin Platz. Dabei lehnte ich mich entspannt zurück und legte meinen Arm um ihre Schulter, was sie sich gefallen ließ, obwohl es normalerweise nicht meine Art war, sie so vor anderen zu vereinnahmen. Ich wollte meinem Gegenüber jedoch meine Verbundenheit zu Chris signalisieren. Er ging spontan auf meine Handlung ein und kommentierte sie.

»Roman, Sie sind ein erfolgreicher junger Mann. Sie sollten heiraten und Kinder kriegen. Arbeit ist nicht alles. Und wie ich vernommen habe, läuft Ihnen die Zeit davon.«

*Was für ein Typ,* dachte ich. Aber er lag nicht so falsch mit seinem Rat. Auch ich hatte mich in letzter Zeit mit dem Gedanken beschäftigt, wusste aber nicht, wie Chris dazu stand. Jetzt würde ich es erfahren, denn sie konterte:

»Dazu gehören immer noch zwei, Georgio. Wir haben uns noch nicht gegenseitig vorgestellt. Ich bin Christine, auch

Chris genannt, Schmidt und arbeite als Designerin bei *Infinite Solutions*.«

Er paffte an seiner Zigarre. Höflicherweise blies er den Rauch seitlich weg und nicht direkt in unsere Richtung.

»Ah! Eine Frau mit Geschmack. Der Schriftzug des *Infinity* gefällt mir. Zeitlos elegant. Haben Sie ihn entworfen?«

*Der Mann wusste mit Frauen umzugehen,* dachte ich. Etwas altmodisch, aber mit dem nötigen Respekt.

»Ja, das ist mein Entwurf. Es gab viele Varianten. Der Vorstand hat sich dann für das aktuelle Logo entschieden.«

Georgio blieb sich treu. Den guten Manieren folgend, wandte er sich an Tine.

»Sie sind Romans Schwester?«

Tine war noch nicht in der Welt des galant forschen Südländers angekommen. Etwas scheu nickte sie.

»Ja. Das bin ich.«

Kurz darauf zuckte sie zusammen. Denn Georgio hatte mit beiden Händen auf seine Oberschenkel geschlagen und rief laut:

»So! Dann sollten wir zum geschäftlichen Teil übergehen! Ich bin bestens über Ihre Firma informiert. Was mir gefehlt hat, habe ich freundlicherweise heute von Ihnen erfahren. Lassen Sie mich Ihnen schildern, welche Pläne ich habe.«

Ich sah ihn mit einer Mischung aus Skepsis und Bewunderung an. So aufzutreten, war eine neue Erfahrung für mich. Eigentlich hätte er auch anders mit uns umspringen können. Wissend, dass er uns in der Hand hatte, verhielt er sich, ganz seinem Geschäftsgebaren folgend, höflich aber kompromisslos.

»Ihr Unternehmen, Roman, hat die europäische Automobilindustrie platt gemacht«, schickte er voraus.

Ich setzte zu einem: »Aber ...«, an. Doch er hob seine Hand.

»Ich bewundere Sie dafür. Man kann es anders machen. Ich bevorzuge Ihre Methode. Das Ergebnis – Sie haben eine Monopolstellung erreicht. Stimmen Sie mir darin zu?«

Er bekam ein Nicken von mir zur Bestätigung.

»Sehen Sie. Wir sind uns einig. Ab hier ist es nur logisch und konsequent, meinen Vorschlägen zu folgen. Da Sie schon mit den Russen Geschäfte machen, brauche ich mich mit denen nicht abgeben. Ist auch nicht mein Terrain.« Er lachte laut auf. »Zu viel Wodka. Wobei, die Frauen gefallen mir. Ich schweife ab. Zurück zu meinem Plan. Ich besitze einige Fabriken in Mittel- und Südamerika. Teilweise waren sie einmal in staatlicher Hand. Ich konnte sie vor Jahren zum Schnäppchenpreis kaufen. Leider sind sie ziemlich heruntergekommen. Nicht zu vergleichen mit dem europäischen Standard einer digitalen Fabrik. Roman, ich bin mir sicher, dass Sie gerne Ihre Leute zu uns schicken, damit sie bei der Erneuerung der Produktionsstätten behilflich sind«, paffend und den Rauch ausblasend, legte er eine Redepause ein.

Ich wartete erst einmal ab, bevor ich dazu Stellung nahm. Er nutze die Zeit, um aufzustehen und sich sein Whiskeyglas zu füllen. Während er das Eis hineinfallen ließ, grinste er uns an und meinte:

»Was ich zu erwähnen vergaß. Ihre Bodyguards schlummern für die nächsten Stunden. Sie brauchen sich also keine Sorgen machen. Ach ja, und die Bombe. Das war nur ein Bluff. Ich bin doch kein Unmensch. Genauso wie Sie vernünftig sind und meine Vorschläge akzeptieren. Stimmt's Roman?«

Innerlich war ich erleichtert, doch zeigte ich keine äußerliche Reaktion.

Er lehnte sich lässig an die Bar.

»Bleiben Sie ruhig skeptisch. Sie sollten wissen: Geschäfte mit Georgio sind immer ein Erfolg. Auf jeden Fall für mich.« Laut lachend kam er auf uns zu und setzte sich wieder.

»Nehmen wir einmal an, meine Fabriken sind modernisiert und bereit für die Produktion von Elektroautos. Das dauert ein Jahr? Vielleicht zwei? Mein Ziel ist, dass sie, wie Ihre europäischen Standorte, das Erfolgsmodell *Infinity* produzieren, exklusiv für den amerikanischen Markt. Somit wären wir bei Punkt zwei meines Plans. Weil ich Sie so schätze und Sie mich über die Maßen bewundern, überlassen Sie mir die USA und Kanada. Alles ganz offiziell. Als Partner. Selbstverständlich liefern Sie mir genügend *Ionit,* um die Produktion der *iON*-Batterien sicherzustellen. Und nun passen Sie genau auf: Mein Unternehmen finanziert die Modernisierung der Produktionsstätten und den Aufbau des Vertriebs und Sie erhalten einen von Ihnen festgelegten Preis für das *Ionit.* Das ist doch ein Angebot, zu dem man nicht nein sagt.«

*Der Mann hatte einen Plan,* sagte ich mir. Wenn das mit den Fabriken stimmte, dann könnte es sogar von Vorteil für den Aufbau der weltweiten Präsenz von *Infinite Solutions* sein. Die USA und Kanada waren das Terrain von *Tesla.* Einem wie Georgio traute ich eine erfolgreiche Eroberung dieses umkämpften Marktes zu. Doch wusste ich auch, dass dieser Mann gefährlich war, bei aller Smartness und gespielten Freundlichkeit ging er über Leichen.

Er sah uns abwartend an. Trank noch einen Schluck Whiskey. Paffte an seiner Zigarre.

»Nun? Was sagen Sie dazu?«

Ich hatte lange mit meiner Einschätzung gewartet, jetzt legte ich los:

»Strategisch gesehen, eine sinnvolle Planung. Im Gegensatz zu Ihnen kenne ich Ihr Unternehmen und Ihre Kapazitäten nicht. Außerdem werde ich nicht alleine entscheiden. Mein Partner bei *Infinite Solutions,* Hubert Richter, hat auch noch ein Wörtchen mitzureden. Aber dafür, dass Sie uns hier überfallen haben und wir noch vor einer halben Stunde befürchteten, in die Luft gejagt zu werden, gefällt mir die Situation deutlich besser. Was schlagen Sie als Nächstes vor?«

Er rieb sich vor Eifer die Hände.

»Ich habe mich nicht in Ihnen geirrt, Roman. Sie sind ein cleveres Bürschchen. Und Ihren Partner überzeugen wir. Da bin ich mir sicher.«

Er unterbrach seinen Redefluss und dachte nach. Dabei entstanden tiefe Falten auf seiner Stirn.

»Nichtsdestotrotz muss ich auf die Diamanten bestehen. Sie haben mich vor einigen Jahren schon einmal enttäuscht. Sehen wir es als Pfand. Wenn die ersten *Infinity* vom Band laufen, dann erhalten Sie die Steine zurück. Bis dahin bleiben sie in meiner Verwahrung.«

Ich sah ihn mit ernster Mine an. Auch wenn ich die Summe, die mich die Diamanten kosteten, verkraften konnte, so wollte ich nicht einfach so auf die Millionen verzichten.

»Ich kann das akzeptieren, wenn wir die Details unserer Zusammenarbeit in einem Vertrag festlegen. Wie wäre es, wenn ich meinen Partner heute informiere und er zu uns auf die Yacht kommt?«

Georgio grinste wie ein Honigkuchenpferd. Er näherte sich mir und umarmte mich spontan. Dabei klopfte er mir auf den Rücken.

»Roman, mit Ihnen kann man arbeiten!«

Ich musste husten. Warf einen prüfenden Blick auf Chris und Tine, die uns wohlwollend beobachteten. Dann schlug ich vor:

»Wie wäre es, wenn wir uns morgen, so gegen 17:00 Uhr, auf der *Princess of the Sea* treffen. Hubert Richter wird anwesend sein. Kommen Sie alleine?«

Er reagierte so wie ich es von einem seriösen Geschäftsmann erwartete:

»Wir machen zuerst einmal die Eckpunkte klar. Dann übergeben wir diese unseren Anwälten. Die sollen die Details verhandeln.«

An der Bar stellte sein Whiskeyglas ab. Dann kam er mit ausgestreckten Armen auf mich zu, ergriff mit seinen Pranken meine beiden Hände und schüttelte sie heftig. Laut schallend rief er:

»Wir erobern Amerika!«

Ich konnte nicht anders, ich musste lachen. Er war ein skurriler Typ.

# Teil 3

# Mai 2020

# Familiensache

Das *Ionit* ging schneller zur Neige als gedacht. Und das, obwohl die neuen Produktionsstätten für die *Infinity-*Baureihe in Südamerika noch nicht hochgefahren waren. Der Bedarf der europäischen Fabriken reichte aus, es zur Neige gehen zu lassen. Eigentlich hatte ich erst wieder im Juli eine Zeitreise unternehmen wollen. So aber stand ich vor einer folgenschweren Entscheidung. Sollte ich mein Leben wieder um ein paar Monate verkürzen oder sollten wir das Experiment wagen, meine Schwester Tine in das Jahr 2039 zu schicken? Es war so oder so ein Unterfangen, dessen Konsequenzen die Gleichen blieben. Einer von uns verlor Lebenszeit. Da Opa dafür gesorgt hatte, dass die Zeitreisen auf Familienmitglieder beschränkt blieben, hatten wir so gut wie keine Wahl.

Das Fatale an der zeitlichen Distanz war, dass ich zwischendrin keinerlei Kontakt zu meinem Vater haben konnte. Er lebte auf dem Gelände des *Kosmodroms Wostotschny,* wurde gut versorgt und genoss viele Annehmlichkeiten. Unsere russischen Partner von Минерал и камень (Mineral&Gestein) hatten ihm ein rustikales Holzhaus zur Verfügung gestellt, das genügend Platz bot und mit Sauna, Whirlpool und Fitnessraum ausgestattet war. Die Temperaturen in der Gegend waren mit denen in Südschweden vergleichbar. Die Winter schneereich und um die Minus 10 Grad kalt. Im Sommer wurde es nur wenig über 20 Grad warm. Durch den Klimawandel veränderte sich die

Umwelt auch dort rasant. Es regnete tagelang und die Temperaturen stiegen im Durchschnitt von Jahr zu Jahr an.

Die Meteoritenauffangstation funktionierte mittlerweile reibungslos. Ein ausgeklügeltes Ortungssystem richtete die Auffangarme der um die Erde kreisenden Station nach sich nähernden Meteoriten aus. Dabei wurden das Gewicht und die Größe des Brockens vorher exakt berechnet. Nur so konnte sichergestellt werden, dass die netzartigen Köcher in der Lage waren, das wertvolle Gut sicher aufzufangen. Die Meteoriten gelangten über ein geschlossenes System von Förderbändern zum Mahlwerk. Die unterschiedlichen Mineralien wurden in einem aufwendigen Separationsverfahren getrennt und anschließend in Transportboxen gefüllt. Das Ganze funktionierte vollautomatisch. In der Station gab es ein Zweierteam, das die Anlage wartete und für die Einhaltung der Produktionsziele sorgte. Nachschub an Meteoriten gab es genügend. Ein Problem waren die schwankenden Mengen an *Ionit,* die in einem Gesteinsbrocken steckten. Deshalb war die Ausbeute unterschiedlich ergiebig. Mein Vater erhielt die Abbaumengen in einer wöchentlichen Statistik. Wenn ich ihn alle zwei Monate besuchte, gingen wir diese durch und passten danach die Produktionsmengen der *iON*-Batterien in unseren Werken an. Um nicht komplett von den Russen abhängig zu sein, bemühten wir uns, andere Quellen zu erschließen. Doch diese waren wenig ergiebig. Die Jahresmenge des geförderten *Ionits* entsprach nicht einmal zehn Prozent dessen, was wir aus dem Weltall holten. Uns war klar: Ohne die *Timefly* gäbe es auch keine industrielle *iON*-Batterien-Produktion.

Die tatsächliche Menge, die wir für eine Batterie benötigten, war im Vergleich zu *Lithium*, das weiterhin in konventionellen Batterien zum Einsatz kam, extrem gering. Brauchte man für ein herkömmliches Elektrofahrzeug bis zu 10 kg davon, genügten unserem Modell *Infinity* gerade einmal 10 Gramm *Ionit*. Unsere Produktionsplanung sah für 2020 eine Million Fahrzeuge vor. Was bedeutete, dass ich im Jahr 10.000 kg des Minerals aus der Zukunft transportieren musste.

Nach einigen Fehlversuchen hatten wir herausgefunden, wie wir die Ankunftskoordinaten des *Timefly* exakt einstellen mussten. So war es uns gelungen, meinen Ankunftsort immer genauer zu anzusteuern. Beim letzten Mal landete ich direkt in der Lagerhalle in *Wostotschny*. Am *Timefly* hatten wir ein paar, für unsere Zwecke passende, Änderungen vorgenommen. Sie wirkten an der fließenden Form der Maschine stümperhaft, erfüllten aber ihren Zweck. Anstatt eine zweite Person mitreisen zu lassen, nutzten wir den Platz auf, neben und hinter der Sitzbank für den Transport des *Ionits*. Dafür fertigten wir in Opas Werkstatt mehrere an die Form angepasste Behälter an und bestückten sie mit den Transportboxen. Jede von ihnen wog 50 kg. Zwei Personen konnten so die *Timefly* mit insgesamt 30 Boxen beladen. Die Transportkapazität lag bei 1500 kg. Infolgedessen musste ich mindestens alle zwei Monate auf Zeitreise gehen.

*Ich? Oder dieses Mal Tine?*

Sie stand am Ende der *Timefly*-Röhre neben mir und wirkte fest entschlossen.

»Du bist dir sicher, dass *Timefly* mich akzeptieren wird?«, fragte sie, als sie die Maschine begutachtete.

»Ich gehe davon aus. Das System ist ausschließlich für Familienmitglieder programmiert. Das hat Opa so eingerichtet, damit kein Fremder die Möglichkeit hat, in die Zukunft zu reisen.«

»Darf ich mal Probesitzen? Es erscheint mir sehr hoch.«

»Keine Sorge. Du wirst gleich sehen, wie sich die Form deiner Physiognomie anpasst. Es ist äußerst bequem«, versprach ich ihr.

Sie schwang ihr Bein über die Sitzbank, wankte etwas, hielt sich aber instinktiv an der zwischen ihren Schenkeln befindlichen, gewölbten Form fest.

»Huch! Das gibt ja nach. Irre. Wie, wenn man sich mit dem Kopf in ein Kissen legt.«

»Wenn du deine Füße nach innen drückst, dann formen sich automatisch Fußrasten. Deine Hände strecke in Richtung der vor dir liegenden Plexiglasscheibe aus.«

»Das ist ja fantastisch! Die Griffe fühlen sich angenehm an und meine Füße haben nun sicheren Halt.«

»Mehr musst du eigentlich nicht wissen. Ich stelle noch das genaue Zieldatum ein. Wenn alles glatt läuft, erscheinst du in der Lagerhalle im *Kosmodrom Wostotschny*. Vergiss aber nicht, den *Blind-Modus* am *Timefly* einzuschalten. Das ist der kleine Sensor am Rand des Displays.«

Ich legte meine Hand seitlich auf die Plexiglasscheibe und demonstrierte ihr dieses Feature.

»Es ist superwichtig. Die russischen Mitarbeiter dürfen *Timefly* nicht sehen. Normalerweise ist die Halle mit einem Code gesichert, den ich dir gleich geben werde. Vater fährt die angelieferten Boxen auf einem Gabelstapler selbst in die Halle und sichert sie anschließend wieder.«

Tine sah mich mit großen Augen an.

»Dann arbeitet er dort verdeckt? Hat er denn gar keinen Kontakt zu den Beschäftigten dort?«

Ich musste über ihre Naivität grinsen.

»Warum lachst du?«

»Weil du keine Vorstellung hast, wo er dort ist.«

Sie sah mich verärgert an.

»Dann kläre deine dumme Schwester auf, du Oberboss.«

»Sorry. Das *Kosmodrom Wostotschny* ist ein Hochsicherheitsbereich. Es ist von jeglicher Zivilisation komplett abgeschirmt. Nur die Leute, die dort arbeiten, dürfen passieren. Das russische Militär ist überall präsent.«

»Was mache ich, wenn sie mich entdecken? Ich war noch nie dort und russisch spreche ich auch nicht.«

Ich legte meine Hand auf ihren Arm und erklärte ihr in ruhigem Ton:

»Wenn du in der Halle erschienen bist, bekommt Vater sofort ein Signal in sein Haus. Er wird dich abholen. Seine Überraschung wird groß sein, denn wir können ihn über dein Kommen vorher nicht informieren. Er kennt die wichtigsten Personen dort und wird dich bei Gelegenheit vorstellen. Außerdem kann er dir einen Ausweis besorgen. Das klappt schon, vertraue mir.«

»Es könnte nicht passieren, dass ich woanders herauskomme und mich nicht auskenne?«, fragte sie ängstlich.

»Das ist ausgeschlossen. Dann müssten sie die Halle abgerissen haben oder die ganze Station ...«

Ich bemerkte, was ich da sagte ... Diese Möglichkeit wäre fatal.

»Warum redest du nicht weiter?«

»Nichts. Wie gesagt, alles wird perfekt funktionieren. Noch etwas, da dein Smartphone im Jahr 2039 nicht funktioniert, solltest du es lieber hier lassen. Du bekommst von mir einen *Communicator,* dieser übersetzt synchron ins Russische. Bei Bedarf kannst du dich damit verständigen. Es ist nur ein kleines Teil, das du zum Beispiel an deinen Parka stecken kannst.«

Meine Schwester blickte weiterhin kritisch drein.

»Bei deinen Zeitreisen gab es da jemals einen Zwischenfall?«

Ich war unsicher, ob ich ihr von einer unserer Erlebnisse erzählen sollte, die in der Zeit in die wir reisten, mit Sicherheit für enormes Aufsehen gesorgt hatte. Meine Denkpause machte Tine stutzig.

»Du verheimlichst mir etwas. Das ist nicht fair.«

»Also gut, ich erzähle es dir. Es ist echt schräg.«

»Da bin ich mal gespannt.«

»Vater und ich hatten die Idee, herauszufinden, ob die Menschen in fünfzig Jahren noch an Gott glauben und ob sie in die Kirche gehen. Bei den hohen Austrittsraten heutzutage in der katholischen Kirche wäre es durchaus möglich, dass gläubige Kirchengänger eher eine Seltenheit geworden sind. Wir programmierten die *Timefly* auf 2065 und stellten ein, unserer Einschätzung nach, sicheres Ziel ein – den Kölner Dom. Sicher, weil wir davon ausgingen, dass er auch in fünfzig Jahren dort stehen würde, wo er heute zu finden ist.«

Tine kicherte.

»Ich ahne schon was.«

»Die Reise klappte. Beim Erscheinen richtete sich unser erster Blick auf die Kanzel. Diese war nicht leer, sondern ein Priester hielt gerade die Predigt. Er sprach von dem Heiligen

Geist. Du hättest mal seine Reaktion sehen sollen. Er erstarrte. Hinter uns schwoll ein Raunen an. Eine Frau fing zu schreien an. Vater sprang spontan von dem *Timefly* herunter. Er stellte sich vor die Gläubigen und rief:

*Bitte entschuldigen Sie! Das ist eine Probe für den nächsten Karnevalsumzug. Wir sind gleich wieder weg.*

Während er die Leute beschwichtigte, rief ich schnell die Koordinaten für unsere Heimreise auf. Ich sah, wie Vater sich vor dem Priester verneigte, und sich dann auf die Rückbank schwang. Innerhalb von Sekunden war die Erscheinung der beiden mysteriösen Heiligen wieder verschwunden. Ich hätte zu gerne die Meldungen daraufhin in den Nachrichten mitbekommen. Auf jeden Fall wussten wir nun, dass es auch 2065 noch aktive Katholiken gibt.«

Meine Geschichte hatte meine Schwester mental gelockert. Sie saß nun nicht mehr verkrampft auf dem *Timefly,* sondern lehnte entspannt nach vorne gebeugt mit Blick auf das Display und sah mich an.

»Verrückte Story. Wann soll es bei mir losgehen?«

»Du bist also bereit?«

»Aber ja!«

»Morgen früh um 9:00 Uhr? Wir treffen uns vor dem Haus. Du hast ja mitbekommen, wie wir es abgesichert haben. Hier kommt so leicht niemand Fremdes mehr herein. Warte am besten an der Ecke zur Ritterstraße auf mich. Es gibt neugierige Nachbarn. Wir gehen dann die paar Meter gemeinsam die Bergstraße hoch. Bitte nimm dir eine warme Jacke mit. Am besten einen Parka und ziehe dich winterlich an. Es könnte kühl sein in *Wostotschny.* Lass dich drücken, Tine. Meine mutige Schwester!«

Sie winkte nur lässig ab und stieg von *Timefly* herunter.

»Umarme mich, wenn ich mit den 1500 kg *Ionit* zurück bin.«

Der Einsatz von Tine war sozusagen unser gemeinsames privates Risiko. Nur Chris war darüber informiert. Hubert Richter konnte und wollte ich es nicht sagen, zum einen weil die Versorgung der *Infinity*-Produktion mit *Ionit* zu meinem Aufgabenbereich als *Chief Technology Officer* gehörte und zum anderen, weil wir *Timefly* weiterhin geheim halten wollten. Den Russen hatten wir vor Jahren eine von *Infinity Solutions* entwickelte Transportdrohne präsentiert, die wir aber nie für die Beförderung des *Ionits* nutzten. Solange sie ihre monatlichen Zahlungen erhielten, die mehr als großzügig waren, stellten sie keine dummen Fragen. Meine größte Sorge war, dass unsere Reisen in die Zukunft irgendwann einmal herauskommen würden. *Wie ich darauf reagieren würde?* Ich hatte keinen blassen Schimmer.

Solange unser System lief, wollte ich mich nicht mit solchen Szenarien beschäftigen. Mir war klar, dass ich ein hohes Risiko einging. Aber: *Wer nicht wagt, der nicht gewinnt.* Wir waren auf der Gewinnerstraße unterwegs. Und Gewinnern stellt man keine kritischen Fragen.

Im letzten Jahr hatten unsere Ingenieure die Energieeffizienz der *iON*-Batterien weiter verbessert. Sie wurden kompakter, leichter und halfen dabei das Gesamtgewicht der *Infinity*-Baureihe weiter nach unten zu schrauben. Das war wichtig, denn unser erstes Modell, der *Infinity Prestige* war noch eine stattliche Limousine für Geschäftsleute gewesen. Er war im Vergleich zu dem jüngsten Modell, das wir im Herbst launchen würden, ein schwerfälliger Dinosaurier. Der *Infinity Joy* sollte die Herzen der jungen Leute erobern. Flippig, kompakt, leicht, enorm sparsam und mit den neuesten *Apple Features* ausgestattet sollte er das günstige Einstiegsmodell in die *Infinity*-Reihe werden. Wenn uns das gelänge, dann wäre Elektromobilität im breiten Massenmarkt angekommen. Und wir wären die, die es möglich gemacht hätten. Genau um das zu schaffen, war meine Schwester so wichtig. Ihre geheime Mission würde die Grundlage für die Produktion des *Infinity Joy* bilden.

Es war ein regnerischer Maimorgen. Die Wolken hingen tief. Ich hatte meinen *Infinity Prestige* der ersten Serie etwas weiter entfernt geparkt. Die luxuriös ausgestattete Limousine mit ihren üppigen Außenmaßen und der ungewöhnlichen Lackierung fiel außerhalb der Metropolen immer noch auf. Da man mich in der Bergstraße kannte, war es mir lieber, zu Fuß zu unserem Treffpunkt Ecke Ritterstraße zu kommen.

Meine Schwester wartete schon in ihrem militärisch grünen Parka auf mich. Sie hatte ihre Kapuze über den Kopf gezogen. Von Weitem hätte ich sie nicht erkannt, wenn ich nicht gewusst hätte, dass sie es war.

»Aufgeregt?«

»Und wie!«

»Komm, wir gehen in Opas Werkstatt. Ich mache uns einen Kaffee, bevor du aufbrichst.«

Wir drückten uns an den Häuserwänden entlang. Wie immer fuhren viele Autos auf der engen Straße. Fußgänger bemerkten wir keine.

»Wie ist das eigentlich? Hat von den Nachbarn niemand nachgefragt, warum fünf Jahre nach Opas Tod das Haus immer noch leer steht?«

»Schon. Aber wir haben behauptet, es irgendwann selbst nutzen zu wollen. Was wir auch tun. Nur etwas anders als üblich. Die Sicherheitsmaßnahmen sind alle äußerst diskret. Selbst die alte Klingel haben wir gelassen.«

Mit meinem Fingerscan öffnete ich das Hoftor. In der Werkstatt passierten wir eine Sicherheitsschleuse. Der Zugang zu *Timefly* war weiterhin nur mit dem *iON* Prototyp möglich. Hinter der Röhre wartete die von mir präparierte Maschine mit leeren Behältern auf ihren Einsatz.

Tine stellte sich direkt davor, verschränkte ihre Arme und sah mich keck an.

»Eine letzte Frage habe ich. Was erhalte ich für meinen Einsatz? Immerhin schenke ich euch ein paar Monate meines Lebens.«

Ich glaube, ich wurde rot. Es war mir voll peinlich. Bei jeder anderen Person hätte ich mir Gedanken über die Entlohnung gemacht. Warum nicht bei meiner Schwester? Sie arbeitete in einer Anwaltskanzlei und verdiente ordentlich. Im Vergleich zu dem, was ich einstrich, war ihr Gehalt lächerlich gering. Ich wollte sie weder beleidigen, noch vor den Kopf stoßen. Ich überlegte fieberhaft, welche Summe ich ihr vorschlagen sollte.

»Du überlegst aber lange.«

»Ich bin unsicher. Bitte entschuldige. Natürlich solltest du etwas erhalten. Es ist nur schwierig für mich, weil ich keinen Vergleich habe.«

Sie sah mich schief an.

»Wozu brauchst du einen Vergleich? Opa hat das schon vorbestimmt, indem er *Timefly* nur für Familienmitglieder freigeschaltet hat. So wie du davon profitierst, steht es mir auch zu. Wenn meine Mission erfolgreich ist, dann verlange ich fünfundzwanzig Prozent deiner Aktienanteile von *Infinity Solutions* und ich möchte eure Rechtsberaterin werden.«

Ich musste schlucken. Damit hatte ich nicht gerechnet. Meine Schwester sah mir meine Verblüffung an.

»Na, Brüderchen? Deine kleine Schwester muckt auf? Nur ist sie nicht mehr klein und kapiert, worum es hier geht. *Big Business!* Bist du mit meinem Vorschlag einverstanden?«

Ich wollte es genau wissen und fragte nach.

»Es geht dir um fünfundzwanzig Prozent meiner Aktienanteile? Und den Job?«

»Ja, genau.«

Das war viel. Aber gerecht. Insbesondere wenn sie weitere Zeitreisen in die Zukunft unternehmen würde.

»Einverstanden. Das kann ich möglich machen. Ich finde es super, dass du mit einsteigen willst. Ich hätte mich nie getraut, dir das vorzuschlagen.«

»Tja, Roman. Nicht nur du kannst die Leute überraschen.«

Mit diesen Worten stieg sie auf und nahm eine bequeme Position ein.

»Haben wir damit alles geklärt? Bist du bereit? Dann stecke ich dir die Tasche mit dem Bargeld für die Russen in die hintere, rechte Transportbox. Sie erhalten die Zahlung pro Lieferung.«

Sie nickte.

»Ich übergebe Ihnen dann das Geld?«

»Das übernimmt Vater. Er kennt die Kontaktmänner.«

»Es kann losgehen, Roman.«

Tine legte ihre Hand auf die Sensorfläche und nannte ihren Namen. Danach leuchtete das Display auf. Ich gab das Datum und die Koordinaten ein. Kurz darauf sahen wir uns ein letztes Mal an.

»Halt!«, stoppte sie mich. »Wartest du hier auf meine Rückkehr? Wie lange werde ich weg sein?«

»Das kommt darauf an, wie lange du in der Zukunft bist. Die Zeiten sind identisch. Die Reisezeit selbst ist zu vernachlässigen.«

»Wenn ich einen Tag bleibe, dann komme ich auch einen Tag später wieder an?«

»Genau.«

»Wie lange bist du geblieben?«

»Unterschiedlich. Aber nie länger als zwölf Stunden. Denn die Aufenthaltsdauer in der Zukunft reduziert deine Lebenszeit, wenn du wieder zurückkommst.«

»Bist du dir da sicher?«

»Nicht ganz. Ich vermute es. Bei Dad hat man das Altern deutlich wahrgenommen. Bei mir weniger, da ich noch jung bin und fünf oder zehn Jahre sich nicht so stark bemerkbar machen.«

»Ich bin noch jünger. Nach dem ersten Mal wird niemand etwas bemerken?«

»Sicher nicht.«

»Auch wenn ich vierundzwanzig Stunden bleibe?«

»Auch dann.«

»Dann will ich die vierundzwanzig Stunden ausnutzen und meinen Vater sehen!«

»Klar. Dann komme ich morgen um die gleiche Zeit hierher zurück.«

Sie strahlte vor Glück.

»Super! Ich freue mich. Sieht Dad sehr alt aus?«

»Nein. Nur mehr Falten und graues Haar.«

»Das werde ich verkraften.«

»Was muss ich machen, damit es losgeht?«

Ich deutete auf die blinkende grüne Sensorfläche.

»Nichts weiter als dieses Feld berühren. Und bitte festhalten. Die Vibrationen sind deutlich.«

»Mach's gut, Roman.«

»Bis morgen, Tine.«

Sie strich über das grüne Feld. Wenige Sekunden später waren sie und *Timefly* verschwunden.

# Panik

An diesem Abend ging ich früh zu Bett. Vorher berichtete ich meiner Freundin Chris von dem Aufbruch meiner Schwester in die Zukunft. Sie zeigte sich von ihrem Mut beeindruckt und fand Tines geforderte Beteiligung an *Infinite Solutions* gerechtfertigt.

Ich weiß nicht, warum wir dann auf meine Mutter zu sprechen kamen, aber Chris fragte mich:

»Hat Tine deine Mutter über ihre Zeitreise informiert? Sie sollte darüber Bescheid wissen. Es kann immer etwas schiefgehen!«

Manchmal reagierte ich, was meine Lebensaufgabe anging, etwas empfindlich, deshalb entgegnete ich:

»Was soll da nicht klappen oder passieren? Ich bin immerhin mehr als zwanzig Mal gereist.«

Chris ließ nicht locker.

»Du solltest nicht nur von dir ausgehen. Deine Mutter macht sich bestimmt Sorgen. Sie hat schon ihren Mann im Tunnel der Zeit verloren und jetzt fängt auch noch ihre Tochter an, sich dafür zu begeistern.«

»Schon gut. Ich besuche sie gleich morgen und erkläre ihr den Sachverhalt. Zufrieden?«

Sie brummte irgendwas von, *das sei das Mindeste,* dann verzog ich mich ins Bad.

Chris liebte Lesen. Mir war klar, dass sie nach unserem Disput bis weit nach Mitternacht ihren Kindle als Unterhaltung vorziehen würde.

Nach einer Dusche kroch ich unter die Decke unseres neuen Kingsizebetts und schlief sofort ein.

Die Gestalt lag auf dem eiskalten Betonboden. Sie erwachte und rappelte sich auf, kroch frierend auf allen Vieren in eine willkürliche Richtung. Ihre Knochen taten weh. Ihr fehlte die Kraft aufzustehen.

*Wo war sie? Was war schiefgegangen?*

Es herrschte Dunkelheit. Sie spürte, dass der Raum weitläufig sein musste. Kein Geräusch drang hinein. Trotzdem hatte sie das Gefühl, nicht allein zu sein.

*Gab es hier keinen Lichtschalter? Oder eine Tür?*

Bevor sie es herausfinden konnte, erhellte sich der Raum schlagartig. Das war keine normale Beleuchtung. Sie kam ausschließlich direkt von vorne. Blendete sie so, dass sie die Augen schließen musste. Blind vor Helligkeit hielt sie eine Hand vor ihre Augen.

Mit zitternder Stimme rief sie:

»Hallo, ist hier jemand?«

Anstatt einer Antwort hörte sie ein ratterndes Geräusch. Aus dem grellen Licht kam ein Schreibtischstuhl auf sie zugerollt. Er traf sie mitten im Gesicht. Vor Schreck und Schmerz jaulte sie auf.

»Поставьте!« (Setzen!), blaffte eine tiefe Stimme auf Russisch.

Zu ihrer eigenen Verwunderung verstand sie die Bedeutung des Wortes. Noch immer geblendet von den Scheinwerfern, ertastete sie die Sitzfläche und zog sich an den Lehnen hoch. Während des Bewegungsablaufs spürte sie, dass sie zwar nicht verletzt, aber am ganzen Körper lädiert war. Muskelkater war lächerlich gegen die Schmerzen, die sie verspürte. Endlich saß sie. Umklammerte die seitlichen Griffe und versuchte, ihre Lider vorsichtig zu öffnen. Es brachte nicht viel. Die Helligkeit überstrahlte den Raum und traf sie voll. Alles dahinter lag in der Dunkelheit. Von dort dröhnte erneut die tiefe Stimme:

» Как ты сюда попал?«

Im ersten Moment verstand sie nicht, doch dann erinnerte sie sich an den *Communicator,* den sie in ihrer Parkatasche bei sich trug. Er zeichnete das Gespräch auf und sie konnte die russische Sprache simultan übersetzen lassen. Das nutze sie jetzt, indem sie auf einen der beiden Knöpfe drückte. Aus dem kleinen Lautsprecher ertönte:

»Wie bist du hierher gekommen?«

Bevor sie antworten konnte, brüllte die Stimme erneut:

»Wie heißt du? Woher kommst du?«

Sie antwortete bewusst langsam, damit der Übersetzer in ihrer Tasche alles verstand. Nachdem sie geendet hatte, drückte sie den anderen Knopf.

»Ich heiße Tine Hess. Bin die Schwester von Roman Hess und die Tochter von Hendrik Hess, der hier arbeitet. Ich bin doch in *Wostotschny?*«

Es entstand eine längere Pause. Sie hörte, wie sich zwei Männer leise auf Russisch unterhielten. Nach einigen Minuten kam die Antwort:

»Hendrik Hess ist seit über drei Jahren verschwunden. Er hat hier einmal gearbeitet. Und sein Sohn transportierte ein Mineral, das wir hier abbauen in seine Heimat, nach Deutschland. Das ist aber lange her. Seit seinem Tod haben wir nie wieder von ihm gehört.«

In diesem Moment schreckte ich hoch. Ich war schweißgebadet. Die Bettdecke neben mir war unberührt. *Was hatte ich da nur geträumt?*

War Tine Jahre zu spät in *Wostotschny* angekommen? Ein prophetischer Albtraum. Das Gespräch vor dem Einschlafen mit Chris hatte ihn wohl ausgelöst.

In meinem Unterbewusstsein regte sich eine weitere Vermutung:

*Konnte es sein, dass ich die falsche Jahreszahl in das Timefly-Display eingegeben hatte?* Mir war das schon einmal passiert. Man vertippte sich leicht, insbesondere wenn man nicht selbst auf der Bank vor der kleinen Scheibe saß und die Leuchtziffern direkt vor sich sah.

Wenn dem so wäre, dann könnte meine Schwester tatsächlich in Gefahr sein. Und mit ihr *Timefly*.

Ich stand auf und holte mir in der Küche ein Glas Wasser. Chris hörte mich. Sie fragte sofort:

»Kannst du nicht schlafen? Komm, setz dich zu mir. Hast du mal wieder schlecht geträumt?«

Sie wusste von meinen schweren Träumen, die meistens damit zu tun hatten, dass ich etwas verarbeitete.

Ich nahm neben ihr auf der Couch Platz und sagte erst einmal nichts. Starrte in das halbvolle Glas.

»Du bist ja komplett durchgeschwitzt. So schlimm war es lange nicht mehr? Habe ich Recht?«

Ich nickte.

»Erzähl schon, was hast du geträumt?«

Als ich mit meiner Schilderung geendet hatte, wirkte sie betroffen.

»Du meinst, es könnte sein, dass du eine falsche Zahl eingegeben hast?«

Ich stammelte:

»Ich kann mich beim besten Willen nicht daran erinnern. Ich habe es nebenbei getan. Wir unterhielten uns. Wahrscheinlich war ich durch die vielen Emotionen abgelenkt. Mir ist übel! Die Zeit bis zu ihrer Rückkehr wird fürchterlich. Was ist, wenn die Russen sie dabehalten und mit ihr *Timefly?* Sie werden sie foltern, damit sie ihnen zeigt, wie man diese bedient. Dann werden sie feststellen, dass die Maschine bei ihnen nicht funktioniert. Nicht auszudenken, was sie auf Grund dessen mit ihr anstellen werden. Die Typen sind gnadenlos. Das Ganze hat nur wegen des vielen Geldes, das sie erhalten haben, so reibungslos geklappt.«

Chris legte ihren Arm um meine Schulter. In beruhigendem Ton meinte sie:

»Roman, du hattest einen Albtraum! Steigere dich nicht weiter hinein. Dusche dich am besten. Ich komme zu dir ins Bett. Hab Geduld, alles wird gut!«

Die erneute Dusche tat gut, doch an Schlafen war nicht zu denken. Ich tat so, als ob, damit Chris sich nicht weiter sorgen musste.

Am nächsten Morgen war ich wie gerädert. Ich stand früher als sonst auf. Duschte wieder, konnte nichts frühstücken und brach um 8:30 Uhr in die Bergstraße auf. Mir war weiterhin übel.

Die Minuten bis zur vereinbarten Ankunftszeit wollten nicht vergehen. Wie ich auf dem alten Holzschemel in Opas Werkstatt saß, fiel mir ein, dass ich mit meiner Mutter sprechen wollte. Sie war mir mit einem Mal so nah wie selten zuvor. Ich spürte, wie es sich anfühlte, einen Menschen zu verlieren. Dabei hatte ich Tine gar nicht verloren. Aber die Vorstellung genügte schon.

8:56 Uhr.

Ich begab mich in den Tunnel und wartete an dessen Ende. Aus Erfahrung wusste ich, dass es besser war, bei der Ankunft von *Timefly* einen Sicherheitsabstand einzuhalten. Manchmal landete die Maschine ein Paar Zentimeter von der Abflugstelle entfernt. Außerdem entstanden bei dem Wiedererscheinen Druckwellen, die, je näher man ihnen kam, ein unangenehmes Gefühl am ganzen Körper verursachten.

8:57 Uhr.

*Was würde mich erwarten?* Eine Tine, die mit unserem Vater gesprochen hatte. Was er ihr wohl berichtet hatte? Sie hatten sich längere Zeit nicht mehr gesehen. Vater war zum Einsiedler geworden. Das hatte ich bei meinen letzten Besuchen festgestellt. Er redete weniger. War in sich gekehrt. *Konnte sie ihn wieder anregen, mehr der Alte zu werden?*

8:58 Uhr.

*Oder war doch etwas schief gegangen?* Es musste ja nicht gleich so dramatisch sein, wie ich es mir in meinem Albtraum vorgestellt hatte. Da würde es schon langen, wenn das *Kosmodrom* einen neuen Leiter erhalten hatte, der das Geschäft mit den Deutschen in Frage stellte. Es könnte also durchaus sein, dass Tine mit leeren Boxen zurückkommen würde.

8:59 Uhr.

Verdammt. Ich redete mir was ein. Gleich würde Tine unversehrt vom *Timefly* steigen und 1500 kg *Ionit* aus der Zukunft transportiert haben. Sie würde glücklich strahlen, weil sie ihren Vater wiedergesehen und ihren Auftrag erfüllt hätte.

9:00 Uhr.

Die Luft vibrierte. Es sah so aus, als ob Hitzewellen durch den Raum zögen. Instinktiv hielt ich die Luft an. Dann erkannte ich Teile der *Timefly,* die unscharf aus dem Nichts erschienen. Ich sah einen Fuß auf der Seite in die äußere Form gepresst. Dahinter registrierte ich einen zweiten ... Dort sollten eigentlich die Behälter befestigt sein. *Wen hatte Tine mitgebracht?* Nach und nach wurden zwei Körper deutlich. Zwei Menschen. Vorne saß Tine. Hinter ihr mein Vater. Er hielt sich an ihr fest. Was fehlte, war das *Ionit.* Ich wusste nicht, ob ich erleichtert oder verärgert sein sollte.

*Warte ab, Roman,* sagte ich mir. *Es wird eine Erklärung dafür geben.*

Das Erste was mir auffiel, war, dass Vater schrecklich aussah. Er war blass. Nein, er war grau im Gesicht. Und dünn war er geworden. Die ehemals vollen Haare hatten sich weiter gelichtet. Trotzdem versuchte er, mich anzulächeln.

Ich ging auf ihn zu und half ihm umständlich von der Sitzbank herunter. Danach stieg Tine schwungvoll ab und plapperte sofort los:

»Vater ist schwer krank. Ich musste ihn mitbringen. Egal, was dies für Konsequenzen hat. Er braucht uns.«

»Hallo mein Sohn, jetzt mache ich dir noch zusätzliche Arbeit.«

Er konnte kaum gehen, so schwach war er. Ich geleitete ihn in die Werkstatt und bugsierte ihn auf den Schemel. Dort sackte er förmlich in sich zusammen.

»Du machst mir doch keine Arbeit! Hast du eine Ahnung, was dir fehlt?«

Fahrig wischte er sich über seine schmalen Lippen.

»Kann ich etwas trinken? Wasser und einen Kaffee? Einen echten deutschen Kaffee? Dann reden wir.«

Hinter mir werkelte Tine schon an der alten Kaffeemaschine herum.

»Wo hast du Mineralwasser, Roman?«

»Ich habe keins. Nur Leitungswasser.«

Sie runzelte die Stirn.

»Dann hol bitte welches.«

Sie drückte mir die Kaffeekanne, in die Hand, die halb blind vor Kalkablagerungen war. »Und drei Gläser. Ich habe auch Durst«, befahl sie.

Der *Chief Technology Officer* von *Infinite Solutions* bei der Arbeit, schoss es mir durch den Kopf. Wie schnell sich doch die Prioritäten ändern konnten. In unseren Fabriken warteten tausende Mitarbeiter auf die Bestückung des *Infintiy Joy* mit *iON*-Batterien. Ein Milliardenumsatz drohte zu platzen. Ich musste wohl lernen, dass es wichtigere Dinge im Leben gab, als ein Geschäft durchzuziehen.

Als ich mit der vollen Kanne zurückkam, funkelte sie mich an.

»Was hast du dir eigentlich dabei gedacht, unseren Vater an diesem trostlosen Ort alleine zurückzulassen? Wenn ich ihn nicht mitgenommen hätte, dann ...« Sie beendete den Satz nicht. Stattdessen wandte sie sich an Dad, der so aussah, als ob er jeden Moment einschlafen würde.

»Papa, gleich gibt es frischen Kaffee. So wie du ihn magst. Bist du hungrig? Sollen wir ein Frühstück besorgen?«

Er hob in Zeitlupe seinen Kopf.

»Später vielleicht. Ich möchte zuerst Roman Bericht erstatten. Er soll verstehen, warum ich hier bin.«

Für ihren Vater unmerklich, schüttelte seine Tochter verständnislos ihren Kopf.

»Roman, setze dich zu ihm. Ich kümmere mich um den Kaffee.«

Ich rückte mir den zweiten Schemel direkt vor ihn hin und sagte:

»Ich höre, Dad. Bitte schieß los.«

Im Hintergrund blubberte die alte, verkalkte Kaffeemaschine. Langsam erfüllte sich die Werkstatt mit dem verführerischen Kaffeeduft. Ich sah mich selbst vor meinem Vater sitzen. Es entstand eine seltsam berührende Stimmung.

»Sie haben uns den Hahn zugedreht.«

»Wer? Die Russen?«

»Wer sonst. Sie behaupten, dass die Meteoritenausbeute immer weniger wird. In dem überwiegenden Teil seien nur geringe Mengen an *Ionit* gefunden worden.«

Ich reagierte empört.

»Wir haben einen Vertrag! Sind nie mit unseren Zahlungen in Verzug gewesen. Ich hatte das Geld immer in bar dabei. Was bilden die sich ein?«

Tine reichte ihm und mir eine Tasse dampfenden Kaffee. Er nippte daran.

»Danke, Tine.« Sein Blick traf mich. »Sie hat mich gerettet, Roman. Mit der Einstellung unserer *Ionit*-Produktion erhielt ich keine Essenslieferungen mehr. Seit zwei Wochen lebe ich von den Vorräten. Wärst du erst im Juli gekommen ... ich will es mir nicht vorstellen.«

Ich fühlte mich schuldig. So langsam erkannte ich, wie hart und skrupellos ich geworden war. Der Erfolg, die Aktien, das viele Geld. Und hauptsächlich das Gefühl von Macht waren wie eine Droge, von der ich nicht mehr lassen konnte.

»Es tut mir leid Vater«, stammelte ich.

»Du kannst ja nichts dafür. Wir haben alles richtig gemacht. Sie wollen einfach nicht mehr. Wahrscheinlich haben sie nun selbst eine Verwendung für das *Ionit* gefunden. Moskau ist zwar über 8000 km entfernt, doch das Forschungsministerium bekommt einen halbjährlichen Bericht. Denen sind unsere Lieferungen sicher ein Dorn im Auge gewesen. Der Rubel rollte, aber Geld ist nicht alles. Die Meteoritenauffangstation wird jetzt wahrscheinlich ausschließlich von eigenen Produktionsbetrieben benötigt. Ich habe im russischen Fernsehen einen Bericht über eine neue Batteriefabrik gesehen. Ganz ehrlich. Es hat mich sowieso verwundert, dass sie nicht viel früher darauf gekommen sind. Immerhin produzieren wir seit dem Jahr 2017 und sie fangen erst zwanzig Jahre später damit an.«

»Schau dir doch die russischen Autos an. Sie fahren selbst im Jahr 2039 mit Benzin. Ihre Ölvorräte reichen noch hunderte von Jahren.«

»Weil es bequem und billig ist. Die Umweltschäden in Russland sind dramatisch. Die Tundra brennt. Das Eis in Sibirien ist fast weg. Und Methangase bedrohen die Umwelt. Auch die Russen müssen ökologisch handeln«, erklärte uns Vater.

Ich realisierte nach und nach, was Dad da berichtete. Vor zwanzig Minuten war es für mich kaum vorstellbar gewesen. *Mussten wir unsere Elektroauto-Produktion stoppen?* Wenn das die Börse erfahren würde, sie würden uns schlachten. Innerhalb von Stunden wären hunderte Milliarden Euro vernichtet. Und damit unsere Grundlage, in die Zukunft zu investieren. Ich fragte noch einmal zur Sicherheit nach:

»Und das ist endgültig?«

Tine stellte sich vor mich. Sie stierte mich an.

»Roman, merkst du nicht, dass unser Vater am Ende ist? Wenn er dir etwas sagt, glaube es! Wenn nicht, dann schwing dich auf dieses Höllenteil hier und reise ins Jahr 2039. Wir sind gerade noch einmal davongekommen. Ich habe Vater aus seinem Haus befreit. Wenn er nicht dafür gesorgt hätte, dass die Tore der Lagerhalle geschlossen waren, als wir *Timefly* starteten, dann hätten uns die Soldaten gestoppt. Ich habe sie kommen gehört. Kurz vor unserem Verschwinden war eine Detonation zu spüren. Das war kein Zufall. Realisiere es! Deine ehemaligen Partner sind nun unsere Feinde. Wenn du mich fragst, mach Schluss mit dem ganzen *Infinity*-Kram.«

Ich starrte sie ungläubig an. Denn ich war weit davon entfernt, aufzustecken. Viele Unternehmensgründer mussten schwere Rückschläge überstehen. Wir beschäftigten hunderttausende Menschen. Auch ihnen gegenüber trug ich eine Verantwortung.

*So schnell gibst du nicht auf, Roman Hess,* sagte ich mir.

»Wie geht es aus deiner Sicht weiter?«, fragte meine Schwester.

Noch müsste ich nicht sofort von der ausgebliebenen Lieferung berichten. Ich hatte einen Puffer von wenigen Tagen. Bis dahin sollte eine Lösung gefunden sein. Mein Vorschlag lautete:

»Wir bringen Dad nach Hause. Er sollte sich ausruhen und dann einen Arzt aufsuchen, der ihn durchcheckt.«

Tine nickte.

»So sehe auch ich das. Könntest du das Auto vorfahren. Ich glaube nicht, dass er weit laufen kann.«

»Mache ich. Ist das für dich in Ordnung Dad?«

Er nickte kaum merklich.

# In der Falle

Es war klar, dass mein Partner Hubert Richter von mir erfahren wollte, wann die neue Lieferung *Ionit* eintreffen würde. Ich beschwichtigte ihn, indem ich von Problemen mit schwer zugänglichen Fundstellen in Russland berichtete. Er ahnte, dass meine Erklärungen nur Ausreden waren, und stellte mich zur Rede.

»Roman, du erinnerst dich an unsere erste gemeinsame Pressekonferenz und Aktionärsversammlung? Daran, was ich dir prophezeit habe?«

Ich erinnerte mich genau, wie es damals zugegangen war. Die unangenehmen Fragen der Journalisten ... Aber konkret? Auf was bezog er sich?

»Leider nicht 100%ig.«

»Dann will ich dein Gedächtnis auffrischen. Du hattest mir von diesem Drohschreiben berichtet, das dir im Hotel in Erlangen zugestellt worden war. Es gab da Leute, die verärgert und zu allem bereit schienen. Kann es sein, dass sie uns nun Schwierigkeiten bereiten?«

Verdammt, auch das noch. Ich hatte im letzten Jahr immer wieder Anläufe gestartet, ihm von dem Geschäft mit Georgio, der mit bürgerlichen Namen Pedro Alves hieß, zu berichten. Doch irgendwie war es mir unangenehm, zuzugeben, dass ich von ihm erpresst wurde. Mir war klar, dass ich ihm nun reinen Wein einschenken musste, denn die Situation war ernst. Ich wählte einen vorsichtigen Weg:

»Es gibt eine gute und eine schlechte Nachricht. Welche willst du zuerst hören?«, formulierte ich zögerlich.

»Wenn du schon so beginnst ... zuerst die Schlechte.«

»Die Russen wollen uns nicht mehr mit *Ionit* beliefern.«

Es war heraus. Ich hatte es ausgesprochen. *Was würde
passieren?* Die Ionitlieferungen waren so etwas wie meine
Existenzgrundlage bei *Infinite Solutions*. Ohne sie würde
mein Stern schnell verblassen. Das befürchtete ich jedenfalls.

Hubert sah mich an, wie er mich noch nie zuvor angestarrt
hatte. Ich war nicht in der Lage, hinter seine Fassade zu
blicken, um zu ahnen, was mir gleich bevorstand. Doch
anstatt mir Vorwürfe zu machen, fragte er:

»Und die gute Nachricht?«

Ich schluckte. Musste ich doch die Geschichte mit Pedro
Alves, alias Georgio, möglichst neutral verpacken.

»Wir haben die Möglichkeit, auch in Südamerika zu
produzieren. Unser Geschäftspartner dort ist Pedro Alves,
einer der reichsten Männer in Südamerika. Er besitzt
Fabriken, die mit unserer Hilfe modernisiert werden.«

Ich sah, wie mein Partner anfing, rot anzulaufen. Sein
Schädel platzte gleich. Die Augäpfel traten hervor. Er brüllte
mich an:

»Was fällt dir ein, Roman Hess, ohne mein Wissen und
mein Einverständnis ein Geschäft von einer solche Tragweite
und einem solchen Investitionsvolumen abzuschließen? *Ich
bin der CEO von Infinite Solutions und nicht du!*«

Ich schnappte nach Luft. Die vermeintlich gute Nachricht
hatte ihn mehr erregt und verärgert, als die aus meiner Sicht
Schlechte. *Was sollte ich antworten?*

»Ich wollte es dir immer wieder berichten, andere Dinge
kamen ständig dazwischen. Der Deal ist noch nicht
unterschrieben. Wir haben bisher nur Spezialisten in die

Werke geschickt, die beim Neuaufbau helfen. Es sind ausschließlich Leute aus meinem Aufgabenbereich.«

Er kochte weiterhin.

»Umso schlimmer. Du gibst unser Know-how ohne vertragliche Sicherheit weg. Was bietet uns der südamerikanische Halsabschneider im Gegenzug?«

Mittlerweile kam ich mir wie ein verwundeter Stier in der Arena vor, der nicht mehr wusste, wie er dem *Torero* entkommen sollte. Es war ein verdammt unangenehmes Gefühl. Ich antwortete, indem ich Zuversicht vorgaukelte.

»Selbstverständlich finanzieren seine Firmen die Modernisierungen. Im Gegenzug erhält er die Lizenz für den Vertrieb der *Infinity*-Baureihe in Süd- und Nordamerika.«

Hubert sprang auf und rannte wie wild in seinem Büro im 38. Stock herum.

»Ich glaube es einfach nicht! Wir geben so mir nichts dir nichts eine der absatzstärksten Regionen der Welt aus unseren Händen. Gibt es noch eine Möglichkeit, das zu verhindern?«

»Wie gesagt, wir stehen am Anfang. Unterschrieben ist nichts.«

Er baute sich vor mir auf und fuchtelte mit den Händen vor meinem Gesicht herum.

»Bisher dachte ich immer, du seist ein junges, schlaues, etwas übermotiviertes Talent. Nun muss ich feststellen, dass du leider total naiv bist. Geschäftsschädigend naiv!«

Hatte ich mich bisher verteidigt, ging ich nach dieser Frontalattacke zum Angriff über und packte vollständig aus.

»Habe ich in den letzten Jahren gravierende Fehler begangen? War ich unzuverlässig? Habe ich meine Versprechen nicht gehalten? Du hast ja keine Ahnung, was wirklich passiert ist! Meine Schwester, meine Freundin und ich wurden auf der Yacht, die wir gechartet hatten, mit einer Bombendrohung unter Druck gesetzt. Ich wurde erpresst. Pedro Alves drohte, mit der damaligen Geschichte meines Opas an die Öffentlichkeit zu gehen. Ja, ich bin jung und teilweise unerfahren. Ich glaube aber, dass wir das Amerikageschäft mit seiner Unterstützung aufbauen können. Er mag andere Methoden einsetzen wie wir, aber er versteht etwas vom Business und kennte den Markt besser als wir. Am besten du lernst ihn persönlich kennen. Noch ist nichts verloren.«

Hubert Richters Röte im Gesicht war verschwunden. Er wirkte nachdenklich. Meine Rede hatte ihn etwas besänftigt.

»Es geht mir um Vertrauen. Verstehst du? Unser Vertrauen zueinander. Versprich mir, dass du mir nie wieder etwas von einer solchen Tragweite verheimlichst.«

Die Folter war noch nicht zu Ende. Wenn ich ihm das versprach, dann müsste ich ihm auch von *Timefly* berichten. Da die Lieferungen sowieso nicht mehr funktionierten, entschied ich, alle meine Karten auf den Tisch zu legen. Ich holte tief Luft und wählte meine Worte mit Bedacht.

»Bevor ich das versprechen kann, muss ich dich in ein weiteres Geheimnis einweihen. Eines, das selbst für dich, der du schon viel erlebt hast, unglaublich klingt. Bitte höre mir zu und urteile danach.«

»Nun gut. Wenn wir schon dabei sind. Gestatte mir, dass ich es mir bequem mache.«

Er setzte sich auf seinen dick gepolsterten Schreibtischstuhl, aktivierte die Liegefunktion und legte die Füße auf den Tisch.

»Ich bin bereit, dir zu folgen.«

»Blicken wir zurück ins Jahr 2015. Kurz nachdem ich dich das erste Mal in Erlangen besucht hatte …«

Ohne jede Hast und ohne Details zu verschweigen berichtete ich ihm von der Entdeckung des *Timefly*. Den ersten Zeitreisen gemeinsam mit meinem Vater, der Idee der Meteoritenauffangstation, der Überwachung des Baus der Raumstation und unseren Zeitreisen. Ich ließ auch den Effekt des Älterwerdens nicht aus. Er atmete zwischendurch tief ein und aus. Zeigte aber ansonsten keine weitere Reaktion. Schließlich kam ich zum Ende, mit der neuesten Nachricht - der Weigerung der Russen, weiterhin *Ionit* an uns zu liefern. Auch das Schicksal meines Vaters stellte ich anschaulich dar.

Da ich hoch konzentriert gesprochen hatte, bemerkte ich nicht, dass er ein Taschentuch heraus geholt hatte und sich lautstark die Nase putzte. Ich blickte in seine Augen und sah Tränen.

»Roman, es ist an mir, mich zu entschuldigen. Hätte ich gewusst, wie sehr sich eure Familie für unser Unternehmen eingesetzt und geopfert hat …«

Er stand auf, kam auf mich zu und umarmte mich. Es war ein komisches Gefühl, denn bisher hatte ich zu ihm ausschließlich eine Geschäftsbeziehung gehabt.

»Du glaubst gar nicht, wie erleichtert ich über deine Reaktion bin«, gestand ich ihm, nachdem er sich von mir gelöst hatte.

»Die Wahrheit ist unter Freunden immer der beste Weg, um Vertrauen wieder herzustellen«, resümierte er weise.

Meiner Erleichterung folgten erneute Zweifel.

»Wie sollen wir nur weitermachen, ohne *Ionit?*«

Er rieb sich sein Kinn.

»Ehrlich gesagt, weiß ich das auch nicht. Das Einzige, was mir einfällt, ist die Auslieferung unseres neuen Models, dem *Infinity Joy,* zu verschieben. Unser Aktienkurs wird deutlich nachgeben, aber dadurch gewinnen wir Zeit.«

Ich wusste nicht so recht, ob ich den Gedanken, den ich hatte, äußern sollte. Dann sprudelte er einfach so heraus:

»Vielleicht kann uns ja Pedro Alves behilflich sein. Er hat viele Beziehungen und aufs Geschäft versteht er sich.«

Hatte Hubert sich noch eben bei diesem Namen tierisch aufgeregt, blieb er nun gelassen.

»Da wir sowieso mit ihm verhandeln müssen und er dann Teil unserer Firma wird, sollte er sich auch mit unseren Problemen beschäftigen. Ich bin dafür, ihn mit dem Engpass zu konfrontieren. Überlasse es bitte mir. Ich habe da schon so eine Idee.«

Erleichtert setzte ich mich wieder. Er blieb stehen.

»Da gäbe es noch etwas.«

»Rück schon raus.«

»Ich würde gerne meiner Schwester Tine 25% meiner Aktienoptionen überschreiben. Außerdem schwebt ihr als Juristin ein Job in der Rechtsabteilung bei uns vor. Sie hat meinen Vater gerettet. Ich bin ihr Einiges schuldig.«

Hubert Richter schien mit seinen Gedanken schon woanders. Etwas abwesend meinte er:

»Was du mit deinen Aktien machst, ist deine Sache. Wenn sie fähig ist, dann ist sie willkommen.«

Ich merkte, der *CEO* war zurück. Deshalb stand ich wieder auf.

»Danke, Hubert. Für alles.«

Er griff zum Hörer und sprach hinein:

»Frau Hummel, suchen Sie mal die Telefonnummer von Pedro Alves heraus. Er ist ein brasilianischer Geschäftsmann.«

Er sah zu mir auf und fragte:

»Gibt es noch etwas?«

Ich rang mir ein Lächeln ab.

»Nein, wieder alles okay.«

Dann verließ ich sein Büro.

In diesem Moment war mir nicht bewusst, dass es das letzte Mal sein würde, dass ich die Klinke dieser Tür in der Hand hielt. Ich wollte unbedingt noch heute ein Telefonat führen. Das Wichtigste in meinem Leben.

# Gewissen

Nach dem Gespräch mit Hubert Richter war es mir unmöglich, zu arbeiten. Ich musste ständig an meinen Vater denken. *Würde er sich wieder erholen? Hatte er noch einige Jahre vor sich? Oder war die Zeit in der Zukunft verlorene Zeit für ihn gewesen?*

In Sorge um ihn packte ich meine Sachen im Büro und fuhr zu meinen Eltern. Ich war so aufgeregt, dass ich fast eine rote Ampel übersehen hätte. Das, was die ganzen Jahre mein Dasein bestimmt und meinen Charakter geprägt hatte, war mit einem Mal komplett in den Hintergrund geraten. Ich fühlte mich nur noch schuldig. Nachdem die Sache mit meinem Geschäftspartner geklärt war, wollte ich versuchen, die Beziehung zu meinen Eltern zu retten.

Ich hatte es Dad überlassen, meiner Mutter die Wahrheit über sein Verschwinden zu berichten. Darüber war ich froh. Immerhin hatte er mir aus freien Stücken geholfen. Wobei er sich damals, so vermutete ich, nicht über die Konsequenzen klar gewesen war. Alt zu werden, war schon schwer. Schnell alt zu werden, war tragisch.

Vor dem kleinen Häuschen meiner Eltern sah es aus wie immer. Die Buchsbaumhecke war ordentlich geschnitten. Die Pfingstrosen blühten dunkelrot. Unser Hund Lümmel bellte, als ich die Klingel drückte.

Meine Mutter öffnete mir. Auch sie sah um Jahre gealtert aus, obwohl ich sie erst vor einigen Wochen besucht hatte. Ich wollte ihr einen Kuss auf die Wange drücken, hatte aber das

Gefühl, dass ich es besser lassen sollte. Stattdessen breitete ich die Arme aus und wir drückten uns ganz fest.

»Wo ist Papa?«, fragte ich.

»Er liegt auf der Couch und ruht sich von den Untersuchungen aus. Sie haben ihn gestern durchgecheckt.«

»Und? Gibt es Ergebnisse? Oder Erkenntnisse?«

Mutter wischte sich eine Träne aus dem Augenwinkel.

»Er ist schwach, aber gesund.« Sie lächelte schief. »Nun habe ich einen Rentner zum Mann. Die Ärzte sagen, er hat das Herz und den Kreislauf eines Siebzigjährigen.«

»Roman, bist du es? Was redet ihr da? Ich bin kein Greis! Habe nur ein paar graue Haare mehr. Übermorgen springe ich im Garten herum.«

Wir gingen die drei Stufen ins Wohnzimmer hoch. Vater hatte sich aufrecht hingesetzt. Er sah viel besser aus als bei seiner Ankunft.

»Du sollst dich schonen«, ermahnte ihn seine Frau. »Und mit dir, Roman, habe ich ein fettes Hühnchen zu rupfen! Wie konntet ihr nur so unvernünftig sein? Opa hat uns alle nach seinem Tod mit seinen spinnerten Ideen herausgefordert. Und du hast, was ich verstehen kann, seine Visionen in die Tat umgesetzt, wie mir dein Vater berichtet hat. Damit ist nun aber hoffentlich Schluss. Denke daran, was du ursprünglich vorgehabt hast. Du wolltest in Darmstadt studieren. Hast du das aufgegeben? Ist dir schon mal aufgefallen, wie herzlos und kalt du geworden bist? Dieses Business ist nichts für dich. Ein junger Mann sollte sein Leben auskosten und sich nicht von Börsenkursen leiten lassen. Oder? Wie siehst du das, mein Sohn?«

Sie hatte in verschiedene Kerben gehauen, die mich auch beschäftigten. Das mit der Veränderung meines Charakters hatte mir Chris schon mehr als deutlich gesagt. Momentan weigerte sie sich, mit mir in einem Zimmer zu schlafen. Ich befürchtete bereits den Anfang vom Ende. Studieren? Wollte ich das wirklich noch? Ich war dafür noch nicht zu alt. Momentan wollte ich diese Entscheidung nicht treffen, dafür war es zu früh. Es gab andere Prioritäten. Diese konnte ich meiner Mutter aber nicht erzählen. Deshalb antwortete ich:

»Mutter, du hast in vielem, was du sagst, recht. Ich habe mich von mir selbst entfernt und mich zuerst von Opas Erfindungen und dann von den neuen Geschäftsperspektiven verführen und blenden lassen. Es ist einiges zu schnell gegangen. Man muss in der Autobranche proaktiv und vorneweg sein, um Märkte und Marktanteile zu gewinnen. Mit Hubert Richter habe ich einen fairen und fähigen Geschäftspartner, der zu mir steht, das hat er mir heute noch einmal gesagt. Aber, das kann ich dir versprechen, es gibt Pläne, die dafür sorgen werden, dass ich in Zukunft ein komplett anderes Leben führen werde. Ohne diesen permanenten Erfolgsdruck.«

Sie kam auf mich zu und gab mir zwei dicke Schmatzer auf die Wangen.

»Du bist doch ein guter Junge, das habe ich immer gewusst. Wir vertrauen dir, dass du die richtigen Entscheidungen triffst. So ist es doch, Hendrik?«

Mein Vater lächelte schief und sprach mit heiserer Stimme:

»Auf jeden Fall. Zuvor würde ich gerne wissen, falls du mir das sagen darfst, wie soll es ohne *Ionit* bei euch weitergehen? Ihr braucht doch das Mineral für die Batterien? Wenn die Russen nicht mehr liefern ...«

Ich setzte mich neben meinen Vater auf die Couch. Auf dem Tisch vor mir stand wie immer eine Schale mit Schokolade und Plätzchen. Bevor ich antwortete, stibitzte ich mir ein kleines Praliné, das mit Nougat gefüllt war. Ich ließ es genüsslich in meinem Mund zergehen.

»Hmm ... die kleinen Dinge im Leben sind doch die Besten!«, schwärmte ich. »Kommen wir zu den großen Problemen oder besser ausgedrückt, Herausforderungen. In meinem heutigen Gespräch mit Hubert Richter ist mir klar geworden, dass ich in Zukunft nicht mehr die Verantwortung für die *Ionit*-Lieferungen übernehmen will. Deshalb kümmert er sich darum. Was er vorhat, ist mir nicht bekannt. Aber ich vermute, er wird sich an unseren neuen Geschäftspartner in Brasilien wenden und sie werden gemeinsam eine Lösung finden. Ich gehe auf jeden Fall von einer Verschiebung der *Infinity Joy*-Produktion aus. Eventuell um mehr als ein Jahr.«

Dad runzelte die Stirn. Dabei entstanden noch mehr Falten in seinem Gesicht.

»Das ist ein herber Rückschlag für *Infinite Solutions*. Die Börse wird dementsprechend reagieren. Viele Anleger werden sich von ihren Aktien trennen. Und die Konkurrenz, wie *Tesla,* kann aufatmen und aufholen.«

Ich lächelte wissend.

»Wie sagt man: Konkurrenz belebt das Geschäft. Es wird nicht das Ende des Unternehmens sein. Produktionstechnisch sind wir denen mindestens zwei Jahre voraus. Aber Dad, *du* solltest loslassen. Du hast dich mehr als genug für den Erfolg der Firma eingesetzt, ja geopfert. Macht euch bitte deshalb keine Sorgen mehr. Ihr seid mehr als gut versorgt. Stimmt's Dad?«

Er sah mich fragend an.

»Oh, ich habe es euch noch nicht erzählen können. Du warst ja in Russland. Und Mama ... entschuldige, ich hatte es für mich behalten.«

»Was nun schon wieder?«, ängstigte sich meine Mutter.

»Nur gute Nachrichten! Euer Sohn ist Milliardär! Auf dem Papier jedenfalls.«

Die Botschaft ließ ich erst einmal wirken.

»Wie? Was? So schnell?«, stotterte mein Vater.

»Das kann nicht mir rechten Dingen zugehen, Roman«, mahnte Mama.

»An der Börse schon. Es ist alles rechtens. Die Aktienoptionen, die ich bei meinem Einstieg erhielt, sind zuteilungsreif. Das bedeutet, ich konnte sie, jedenfalls teilweise, veräußern. Dabei ist ein Sümmchen von mehreren Millionen herausgekommen. Einen Teil davon werdet ihr erhalten. Wie, das kann ich noch nicht verraten. Es ist eine Überraschung.«

»So wahr ich Ingrid Hess, geborene Hinkel, Tochter von Hans Hess, dem genialen Erfinder bin, mein Herz klopft bis zum Hals. Ich bin baff!«, begeisterte sich Ma.

»Da können wir auf Kreuzfahrt gehen, solange wir wollen, Ingrid.«

»Und du kannst dir deinen Oldtimer kaufen, Hendrik. Das langt bestimmt für einen *Jaguar E-Type*. Von so einem hast du doch immer geträumt.«

»Bitte wundert euch nicht. Das Geld kommt anders zu euch, als ihr denkt. Wartet einfach ab.«

Meine Eltern grinsten wie zwei Honigkuchenpferde.

»Hauptsache es kommt«, sagte meine Mutter hoffnungsvoll.

Ich stand auf und sah beide glücklich und zufrieden an.

»So, ich muss los. Ich habe heute noch etwas Wichtiges zu erledigen. Wir sehen uns bald wieder. Ganz sicher!«

Meine Eltern merkten nichts von der unterschwelligen Andeutung von mir. Sie waren zu sehr mit ihren Gedanken bei den Dingen, die sie sich bald leisten könnten. *Bald?* Das war der falsche Ausdruck.

# Gestern ist heute

Es gab für mich nur einen Weg, mein Leben wieder in geordnete Bahnen zu bringen und meines Vaters Existenz zu rehabilitieren. Es war riskant, vielleicht lebensgefährlich, aber ich wollte ihn unbedingt gehen. Es machte keinen Sinn, mit irgendjemandem darüber zu sprechen. Warum? Das war wieder einmal, wie so oft in letzter Zeit, meinem Opa zuzuschreiben. Er hatte das Ganze ins Rollen gebracht und nun musste er es mit seinen Mitteln, die er mir zur Verfügung gestellt hatte, auch wieder richten. Wobei ich der Ausführende war.

*Wie das funktionieren sollte?*

Ganz logisch und simpel. In der Theorie jedenfalls. *Timefly* müsste mich aus 2020 zurück nach 2015, genauer gesagt, kurz vor jenen Zeitpunkt, als ich das Labor meines Opas entdeckt hatte, bringen. Blöderweise wusste ich die genaue Uhrzeit nicht mehr. Es war am Donnerstag, den 12. November, morgens gewesen. Da war ich mir sicher, obwohl fast fünf Jahre seitdem vergangen waren.

Als ich die Werkstatt betrat, wusste ich, was ich zu tun hatte. Mein Plan, der die letzten Tage in mir gereift war, wurde nun umgesetzt. Ich existierte in 2020. Damit das Leben meiner Eltern, meiner Schwester, meiner Freundin Chris und meins fünf Jahre zuvor einen anderen Weg nehmen konnte, musste ich heute einige Dinge ändern und vorbereiten. Nur so könnte ich verhindern, dass der damalige Abiturient Roman Hess, von Opas Erfindergeist angetrieben, das Labor entdecken und in der Folge die Welt verändern würde.

*War das moralisch verwerflich? Würde ich damit den Willen meines Opas missachten?*

Meine Antwort war: *Eindeutig nein.*

Tagtäglich passierten Millionen Dinge, die durch unüberlegte, spontane oder zufällige Handlungen ausgelöst wurden:

Ein Moment der Unaufmerksamkeit und ein Unfall geschah. Eine Begegnung zweier Menschen, die sich verliebten und dann ihr restliches Leben zusammenblieben. Sie bekamen Kinder, die wiederum Kinder in die Welt setzten. Ein Blitz, der in ein Haus einschlug und ein Feuer auslöste. Zufälligerweise waren die Bewohner zu einer Feier eingeladen. Deshalb überlebten sie.

All diese Geschehnisse hätten auch anders stattfinden oder ausgehen können. Wir nennen das Vorbestimmung, Schicksal oder Zufall, weil wir es uns nicht anders erklären können. Tragischerweise hängt in der Folge so einiges davon ab. Ob wir existieren. Ob wir sterben. Ob wir glücklich oder unglücklich sind. Oder ob der herabfallende Ast bei einem Sturm uns trifft oder jemand anderen.

Warum sollte ich also nicht, da ich die Möglichkeit dazu hatte, dem Schicksal unter die Arme greifen? Roman Hess war in der Lage, mit der Hilfe von *Timefly* den Lauf der Zeit zu verändern. Nicht viel davon. Nur den Teil des Weges, an dem ich falsch abgebogen war.

Natürlich hatte ich Skrupel. *Spielte ich Gott? Würde ich dafür bestraft werden? Würde es überhaupt klappen? Und was wären die Konsequenzen?*

Ich hatte nur wenig Ahnung, was in der Folge passieren würde. Wollte es aber darauf ankommen lassen. So war ich nun mal. Typisch Opas Enkel.

Kurz bevor ich meine Eltern besucht hatte, war ich bei meiner Bank gewesen. Der Mitarbeiter am Schalter erwartete mich schon, denn ich hatte den Tag zuvor angerufen. Er begrüßte mich überschwänglich. Ich kam mir für einen Moment wie der beste Kunde des Hauses vor. Sagen musste ich nichts. Er bedeutete mir, ihm in den Tresor zu folgen. Dort öffnete er mit theatralischen Gesten und mehrdeutigen Kommentaren ein Schließfach. Es war das Größte in dem kleinen Raum. Darin befanden sich drei silberne Alukoffer, die insgesamt über sechzig Kilo wogen. Jeder davon hatte Urlaubsgepäck-Größe. Dreißig Millionen Euro in bar wollten untergebracht sein. Wir mussten beide anpacken, um sie auf einen Rollwagen zu heben. Fast wäre ich ohne eine Prüfung des Kofferinhalts gegangen, doch der beflissene Angestellte forderte mich auf, die Vollständigkeit des Inhalts zu quittieren. Dazu legte er mir einen Zählbeleg hin, der mir beweisen sollte, dass in jedem Koffer 20.000 fünfhundert Euro-Scheine aufbewahrt wurden. Ich quittierte, ohne nachzuzählen. So viel Vertrauen hatte ich in das deutsche Bankenwesen.

Meinen *Infinity* durfte ich ausnahmsweise direkt vor der Tür parken. Gemeinsam bugsierten wir die drei Koffer in den Kofferraum. Ich bedankte mich und er schüttelte mir die Hand, grinste dabei breit und wünschte mir einen erfolgreichen Tag. Ich antwortete, dass ich den mit Sicherheit haben würde. Daraufhin grinste er noch breiter.

Ich fuhr direkt in die Werkstatt. Dort musste ich beweisen, dass ich von meinem Opa handwerkliches Geschick erlernt hatte. Denn ich schweißte und schraubte Halterungen für die Alukoffer, Werkzeug und das Schweißgerät zusammen, die ich am *Timefly* befestigte. Das Endergebnis wirkte klobig, was mir aber egal war. Es erfüllte seinen Zweck.

Nun kam der knifflige Teil meiner Mission. Ich musste den Timer des *Timefly* exakt einstellen. Und zwar, so hatte ich es ausbaldowert, auf den Abend vor dem 12. November 2015. Ich legte wie gewohnt meine Handfläche auf den Sensor, gab meinen Namen und mein Geburtsdatum ein und wartete auf das Erscheinen der grün leuchtenden Ziffern auf dem Display.

*Was war das?*

Normalerweise leuchteten sie in dieser Farbe. Nun schimmerten sie orange. Ein zusätzlicher Schriftzug blinkte auf:

**Batteries low**

*Warum gerade jetzt?* Hatte ich eben noch über die Bedeutung von Zufällen und Schicksal gegrübelt, ereilte es mich nun in einem äußerst ungünstigen Moment.

*Würde die Batterieladung für meine Zeitreise in die Vergangenheit ausreichen?*

Da ich noch nie in der Zeit zurückgeflogen war, hatte ich keine Erfahrungswerte. Ich nahm an, dass der Energiebedarf ähnlich war, wie wenn ich in die Zukunft reisen würde. Ich hatte keine andere Wahl, als es darauf ankommen zu lassen.

Wie schon so oft zuvor schwang ich mich auf die Sitzbank und *Timefly* passte sich meinem Körper an. Danach gab ich den 11. November 2015, 22:00 Uhr ein. Plötzlich schoss ein Bild in meinen Kopf. Ein *Déjà-Vu*. Das Datum, die Uhrzeit, das Display, das mulmige Gefühl. Alles das hatte ich schon einmal genauso vor mir gesehen. Es war in einem Traum, den ich in der Nacht vom 11. auf den 12. November 2015 hatte, bevor ich hinter Opas Werkstatt das Labor entdeckt hatte. Ich erinnerte mich. Nach dem Aufwachen hatte ich für einen kurzen, verschwommenen Moment die Zahlen des Displays vor Augen. Damals wusste ich nicht, was sie bedeuteten. Es überkam mich jedoch ein Gefühl der Erkenntnis, das man hat, wenn im Leben etwas Einmaliges geschehen war.

Jetzt, im Jahr 2020, deutete ich diese Erinnerung als ein positives Signal. Beendete die Eingabe mit der Returnsensor-Fläche.

... die Vibrationen erreichten meinen Körper ... mir wurde heiß ... mein letzter Gedanke ... es funktionierte!

Der Raum war kalt und dunkel. Noch leuchtete das nun rote Display. Ich blickte darauf und erkannte das Datum: 11. November 2015, 22:00 Uhr.

Es hatte geklappt!

Viel Zeit blieb mir nicht, um mir über mein Schicksal Gedanken zu machen. Ich handelte im *Automodus*. Zuerst öffnete ich die Schleuse am Ende des Tunnels. Ich kannte mich ja bestens aus. Dann schweißte ich die Rückwand des Schranks auf, was mir unendlich lang vorkam. Schließlich nahm ich einen der Koffer und schleppte ihn durch das Labor in die Werkstatt. Unter einem der Werkbänke fand ich den idealen Platz dafür. In eine der Schubladen legte ich einen von mir handgeschriebenen Zettel zur Erklärung. Danach brachte ich die restlichen zwei Alukoffer an ihren Platz neben dem ersten. Ich war außer Atem. Mein Puls schlug bis zum Hals. Jetzt kam der Teil meiner Aktion, die mir am schwersten fiel. Es gab keine Alternative dazu. Mit zitternden Knien griff ich erneut das Schweißgerät. Dann suchte ich nach einer weiteren Metallplatte. Da ich mich in der Werkstatt vortrefflich auskannte, war die Sache schnell erledigt. Mit Lederhandschuhen konnte ich sie gerade so tragen. Zuerst setzte ich an den Ecken vier Schweißpunkte zur Befestigung. Dann bearbeitete ich alle Nähte. Mir stand der Schweiß auf der Stirn, nachdem ich fertig war und die Schutzbrille abgesetzt hatte. Geschafft! Der Zugang zum Labor war wieder verschlossen und es gab keinen *ION*-Schriftzug darauf. Nachdem ich ein letztes Mal durch den Schrank geklettert war, hatte ich sicherheitshalber die Türen von innen mit einem Riegel verschlossen, den ich mit Schrauben angebracht hatte.

Im Labor vernichtete ich alle Beweise für die Existenz der Forschungen, die mein Opa betrieben hatte. Dann zerstörte ich die Halterung für den *iON-Akku* mit einem Hammer, den ich aus der Werkstatt mitgenommen hatte. Bevor ich durch den *Timetunnel* schritt, verschloss ich diese Tür mit meiner Muskelkraft. Zuerst dachte ich, das wäre nicht möglich, doch nachdem ich mit einer Eisenstange nachgeholfen hatte, bewegte sie sich und rastete ein.

Der Raum war nur noch von einer einzigen Notlampe spärlich beleuchtet. Aus diesem Grund nahm ich sofort den roten Schein, der vom *Timefly*-Display ausging, wahr. Als ich mich näherte, erkannte ich den blinkenden Warnhinweis:

**Batteries 3% capacity**

Ich bekam es mit der Angst zu tun. Das würde sicher nicht für eine Reise zurück in die Zukunft reichen. Verzweiflung stieg in mir hoch. Ich verspürte Panik.

*Was sollte ich tun? War das mein Ende? Was passierte, wenn ich trotzdem Timefly nutzen würde?*

Es gab keine Alternative für den Roman aus dem Jahr 2020. Ohne lange zu überlegen, schwang ich mich auf den Sitz und gab als Zieldatum den 22. Mai 2020, 14:00 Uhr ein. Wie üblich lockte ich mich ein. Die bekannte Prozedur. Mit zitternden Händen hielt ich die beiden Griffe vor mir fest und presste meine Knie an die Karosserie des *Timefly*. Vor lauter Aufregung merkte ich nicht, dass das Zittern nicht von meinen Händen ausging, sondern von der Maschine auf der ich saß. Die Batterien schienen noch genügend Energie abzugeben. Kurz darauf wurde es mir heiß und ich spürte ...

Der Roman aus dem Jahr 2020, der ins Jahr 2015 gereist war, existierte nicht mehr.

# Epilog

Ich wachte mit einem Brummschädel auf. *Was hatte ich nur geträumt?* Mein eigenes Zimmer kam mir fremd vor, so als ob ich es einige Zeit nicht gesehen hätte. Ich rieb mir die Augen. Dabei war ein seltsames Leuchten hinter meinen Lidern zu sehen. Es schimmerte orange. Ich öffnete sie erneut. Der Raum vor mir erschien verschwommen.

Schlaftrunken stolperte ich ins Bad und sah mich im Spiegel an. Mein Gesicht war fahl, meine Hände zitterten. In meinem Körper waren seltsame Vibrationen zu spüren. Schwankend putzte ich mir die Zähne.

*Was war nur mit mir los? Hatte ich mich gestern auf dem Friedhof erkältet? Lange genug herumgestanden hatten wir ja.*

Ich sprang unter die Dusche und wechselte heißes mit kaltem Wasser ab, was guttat. Nachdem ich mich angezogen hatte, versuchte ich meine Gedanken auf den Tag zu lenken, an dem ich mir vorgenommen hatte, Opas Werkstatt zu inspizieren. Das gab mir positive Energie, die ich dringend gebrauchen konnte.

Ich schilderte mein Vorhaben meinen Eltern. Sie waren sofort einverstanden, dass ich mich um die Werkstatt kümmern wollte. Ihre Pläne bezüglich einer Vermietung des Hauses in der Bergstraße waren noch nicht konkret. Sie überlegten, ob sie das Objekt nicht komplett verkaufen sollten. So könnten sie die Hypothek auf ihr Haus tilgen. Ich versuchte meiner Mutter Ingrid erst gar nicht zu erklären, was ich vorhatte. Ihr war Opa Hans' Werkstatt immer ein Dorn im Auge gewesen. Sie konnte mit seiner Bastelei, wie sie es nannte, nichts anfangen. Was nachvollziehbar war, denn ihr Vater war zeitlebens kaum für sie dagewesen. Entweder ging er seiner Arbeit in der Fabrik nach, oder er verschwand die Abende und Wochenenden in seiner Wirkungsstätte, die sie nur selten betrat.

So stand ich am Donnerstagmorgen, dem 12. November, einen Tag nach Opas Beerdigung in seinem Reich. Obwohl ich hier mein ganzes, junges Leben lang regelmäßig gewesen war, kam ich mir komisch vor. Zum ersten Mal drang ich ohne sein Beisein in sein Heiligtum vor. Ich näherte mich der Werkbank, berührte seinen Schraubstock, erkundete hunderte Fläschchen, die in einem Regal seit Jahrzehnten auf ihren Einsatz warteten. Viele davon stammten aus Opas Labor in der Fabrik. Zeitlebens hatte er mir verboten, sie auch nur zu berühren. Nun las ich die Etiketten, auf den meisten war ein Totenkopf zu sehen. Teilweise konnte ich verblasste chemische Formeln entziffern. Leider war ich nie besonders gut in Chemie gewesen, was mich in diesem Moment ärgerte.

*Wo sollte ich anfangen?*

Meine Neugier leitete mich. Wie ich mich so umsah, erkannte ich einen matten Schimmer unter der langen, schweren Werkbank. Als ich mich näherte, entdeckte ich drei komplett neue Aluminiumkoffer. Ich konnte mich nicht daran erinnern, sie zuvor hier bemerkt zu haben.

*Hatte Opa sie kurz vor seinem Tod hier abgestellt?*

Neugierig ging ich in die Knie und zog den Mittleren heraus. Er war verdammt schwer. Am Griff hing ein Anhänger, so wie man sie vor einem Flug anbringen musste.

Ich öffnete die Klappe und las in Druckbuchstaben geschrieben:

**FÜR TINE**

Das überraschte mich. Opa und Tine hatten sich nicht sonderlich nahe gestanden. Dann zog ich den ersten Koffer hervor. Auch dieser war mit einem Anhänger versehen. Wieder las ich:

**FÜR INGRID UND HENDRIK**

Das war absolut nachvollziehbar. Opa hatte seiner Tochter und seinem Schwiegersohn etwas vermacht.

Nun war ich gespannt. *War der letzte Koffer für mich?* Aufgeregt zog ich ihn zu mir. Erleichtert las ich:

**FÜR ROMAN**

Mit zitternden Fingern öffnete ich die Schlösser meines Koffers. Sie waren nicht gesichert. Nach dem Hochschnappen klappte ich den Deckel auf. Was ich sah, übertraf meine Erwartungen. Der Koffer war voller 500-Euroscheine. Es waren tausende darin. Zu viele, um sie mal eben zu zählen. Meine Neugier trieb mich dazu, auch die beiden anderen Aluminiumkoffer zu öffnen. Ihr Inhalt war identisch. Sie waren bis zum Rand mit 500 Euroscheinen gefüllt.

Da stand ich nun und starrte auf meinen kolossalen Fund. Ich konnte es nicht fassen.

*Woher hatte Opa das viele Geld?*

Ich sah in den Deckeln nach, ob Opa uns eine Botschaft hinterlassen hatte. Es war nichts zu finden.

*Vielleicht gab es ja eine Art Testament oder eine Erklärung irgendwo in der Werkstatt?*

Ohne einen Plan zog ich alle Schubladen nacheinander auf. Bei der Vierten wurde ich fündig. Darin lag ein zusammengefalteter Zettel, der dieselbe Druckschrift zeigte. Ich las den kurzen Text laut vor:

MEINE LIEBEN,
DIE DREI KOFFER UND DEREN INHALT SIND FÜR
EUCH. ICH HOFFE, DAS GELD BRINGT EUCH GLÜCK.
IN MEINEM LEBEN HATTE ICH VIELE VISIONEN. SIE
HABEN MICH GELEITET UND BESCHÄFTIGT. DESHALB
HABE ICH DAS FAMILIENLEBEN VERNACHLÄSSIGT,
WAS MIR LEIDTUT. INGRID, BITTE VERZEIHE MIR!
ROMAN UND TINE, VERSUCHT EINE BALANCE
ZWISCHEN EUREN PERSÖNLICHEN ZIELEN UND
EUREN ZUKÜNFTIGEN FAMILIEN UND FREUNDEN ZU
FINDEN. DAS GELD SOLL EUCH DABEI UNTERSTÜTZEN,
EURE TRÄUME ZU VERWIRKLICHEN.
HALTET DIE WERKSTATT IN EHREN. ICH WÜRDE MICH
FREUEN, WENN IHR DAS HAUS IN DER BERGSTRASSE
NICHT VERKAUFT.

MÖGE DAS SCHICKSAL ES GUT MIT EUCH MEINEN.

EUER OPA HANS

(ES KÖNNTE SEIN, DASS SICH ZWEI FIRMEN BEI EUCH
MELDEN UND NACH EINER ERFINDUNG FRAGEN. SIE
IST NIE FERTIG GEWORDEN!)

Hat Ihnen *iON* gefallen?

Dann freue ich mich über eine Rezension auf den bekannten Portalen.

Luc Winger gibt es auch auf *Facebook* und *Instagram*. Wenn Sie ihm folgen, erfahren Sie frühzeitig Interessantes zu neuen Büchern.

Vielen Dank, Renate für die kritischen, aber immer konstruktiven Ratschläge und dein Korrektorat. Danke dir, Matthias, für das plakative Cover.